BIONICLE®

Le défi
des Hordika

BIONICLE®

*TROUVE LE POUVOIR,
VIS LA LÉGENDE.*

La légende prend vie dans ces livres passionnants
de la collection BIONICLE® :

BIONICLE®

Le défi
des Hordika

Greg Farshtey

Texte français d'Hélène Pilotto

Éditions
SCHOLASTIC

Pour Justin et Daniel,
les faiseurs de monstres

Catalogage avant publication de Bibliothèque
et Archives Canada

Farshtey, Greg
Le défi des Hordika / Greg Farshtey;
texte français d'Hélène Pilotto.

(BIONICLE)
Traduction de : Challenge of the Hordika.
Pour les 9-12 ans.
ISBN 0-439-94055-9

I. Pilotto, Hélène II. Titre.
III. Collection : Farshtey, Greg BIONICLE.

PZ23.F28De 2006   j813'.54
C2005-907097-8

Édition publiée par les Éditions Scholastic,
604, rue King Ouest, Toronto (Ontario) M5V 1E1.

5 4 3 2 1   Imprimé au Canada   06 07 08 09

La cité de Metru Nui

INTRODUCTION

Turaga Vakama s'agenouilla devant le Cercle d'Amaja. Devant lui se tenaient les six Toa Nuva, Takanuva, ainsi que Hahli, la chroniqueuse officielle des Matoran. Tous attendaient que le Turaga poursuive un récit qu'il redoutait lui-même d'avoir à raconter.

— Vous savez, commença-t-il, peu de temps après que les Matoran sont arrivés sur cette île, Mata Nui, ils ont perdu tout souvenir de leur passé. Tout ce qui s'était produit à Metru Nui, le meilleur comme le pire, tout cela n'existait plus pour eux. Parfois... Parfois, oui, il m'arrivait de penser qu'à cet égard, ils étaient plus chanceux que nous.

Hahli baissa les yeux vers la tablette sur laquelle elle gravait les paroles de Vakama. Jamais auparavant le Turaga ne lui avait paru aussi abattu, comme si le poids d'un millier d'années reposait sur ses épaules. Elle avait du mal à imaginer ce qui s'était passé à Metru Nui qui puisse l'affecter autant. Pour la première fois, elle se prit à souhaiter qu'un autre qu'elle occupe le poste de chroniqueur des Matoran.

— Nous, les six Toa Metru, nous avions fui Metru Nui avec un petit nombre de Matoran. Chacun d'eux était prisonnier d'un profond sommeil où Makuta les avait plongés, car c'était une des étapes de sa grande stratégie de conquête. Nous avions trouvé une nouvelle terre d'accueil – cette île – où les Matoran seraient en sécurité. Il ne nous restait plus qu'à retourner à la cité en ruines et à récupérer tous les autres.

Vakama éparpilla un certain nombre de petites roches noires dans la sablière.

— Ce que nous ne pouvions pas savoir, c'était que, pendant notre absence, des créatures aux allures d'araignées appelées les Visorak avaient pris le contrôle de la cité. À cause de notre... de *ma* confiance exagérée, nous avons été capturés peu de temps après notre retour là-bas. On nous a emprisonnés dans des cocons et injecté du venin de Visorak qui nous a transformés en Toa Hordika, des êtres mi-Toa et mi-bêtes sauvages. Nous avons échappé à la mort grâce à l'intervention de six étrangers, les Rahaga, qui se sont portés à notre secours.

La voix du Turaga devint un murmure.

— Nous aurions peut-être mieux fait de mourir… c'est du moins ce qu'ont pensé certains d'entre nous à l'époque. Les Rahaga nous ont dit que nous avions peu de temps pour trouver un remède à notre condition, sans quoi nous risquions de demeurer des Hordika – ou pire encore – pour l'éternité. Nous avons plutôt choisi de concentrer nos efforts à secourir les Matoran, et de nous occuper de nous seulement une fois qu'ils seraient en sécurité. La décision a été difficile à prendre. La rage des Rahi habitait notre cœur, et le mien encore plus que celui de tous les autres. Nous avons dû affronter des ennemis puissants et rusés, et nous avons été forcés de le faire sans l'aide des pouvoirs de nos masques, sans l'aide de nos outils Toa traditionnels, à vrai dire, sans l'aide de nous-mêmes…

Roodaka, la vice-reine des hordes de Visorak, se tenait dans la loge du Colisée qui avait autrefois été celle de Turaga Dume. Une Visorak rouge, de l'espèce des Vohtarak, était à ses côtés et attendait ses ordres. Loin en contrebas, les Visorak allaient et venaient, occupées à transporter des cocons contenant des Rahi. Elles les accrochaient aux toiles qui entouraient l'arène, comme autant de trophées de leur nouvelle conquête.

Roodaka savait que bientôt, les Toa iraient rejoindre ces trophées. Les six héros de Metru Nui avaient combiné leurs pouvoirs pour enfermer leur ennemi Makuta dans une prison de protodermis scellée du symbole des trois vertus des Matoran : l'unité, le devoir et la destinée. Makuta lui-même ne pouvait venir à bout d'un tel « cadenas ». Seul le pouvoir des Toa pouvait défaire ce qu'il avait créé.

— Vakama et ses alliés ont commis deux grosses erreurs, dit Roodaka. La première a été de penser que

Makuta était impuissant. Pourtant, même si son corps est gelé et son pouvoir, confiné, son esprit, lui, est libre de rugir. Ses pensées nous ont rejoints et à présent, Metru Nui nous appartient.

La Vohtarak approuva avec enthousiasme. C'était souvent commettre une erreur fatale que de ne pas être d'accord avec Roodaka.

Roodaka sourit en se remémorant le retour des Toa à Metru Nui. Ils étaient si fiers, si confiants et si convaincus que rien ni personne ne pouvait les vaincre. Le venin des Visorak avait tout changé. Les Toa étaient maintenant des Toa Hordika, moitié héros, moitié Rahi, confrontés pour la première fois au côté sombre d'eux-mêmes.

— Ils auraient dû s'enfuir d'ici, ajouta Roodaka. Ils auraient dû s'exiler sur une étoile inconnue de Mata Nui lui-même. Maintenant, la situation est sans espoir pour eux. Les hordes vont les retrouver, ce n'est plus qu'une question d'heures, de jours au plus.

Roodaka lança un coup d'œil à la Vohtarak.

— Je me demande pourquoi je te raconte tout ça… Tu n'es même pas une Visorak, n'est-ce pas?

La Vohtarak hésita un moment sous le regard perçant de Roodaka. Puis, avec un haussement d'épaules, la créature se transforma en une copie conforme de Toa Nokama.

— Tu as raison, une fois de plus.

La voix était bien celle de Nokama, mais jamais la Toa de l'eau n'avait affiché une telle expression de haine.

— Je suis Krahka, poursuivit la créature. Je suis une bête Rahi, l'une de celles que tes hordes ont prises en chasse dans cette cité. Je suis venue pour te vaincre, car tu n'es qu'un monstre.

En guise de réponse, Roodaka éclata d'un grand rire, long et perçant, dans lequel on pouvait percevoir bien plus qu'une petite trace de folie.

Krahka se déplaçait avec prudence autour de Roodaka. La créature transmuable avait affronté bien des ennemis dans sa vie, y compris les six Toa Metru, mais cette Roodaka était différente. Chacun de ses mouvements était calculé avec soin et faisait partie d'une stratégie élaborée. Elle n'esquissait aucun geste inutile et ne montrait aucune panique devant les changements d'apparence de Krahka.

En fait, Roodaka semblait apprécier ce moment. Elle aurait pu se débarrasser de Krahka à l'instant même, mais elle avait plutôt choisi d'affronter la bête Rahi en duel. On avait dégagé le sol de l'arène pour elles. Les

Visorak regardaient leur chef se préparer à faire une autre victime.

Krahka avait troqué l'apparence de Nokama pour celle d'une créature souterraine dont la seule vue aurait rendu fou n'importe quel Matoran. Son corps blanc et visqueux atteignait maintenant quatre mètres de haut, et six membres osseux sortaient de ses côtés. Chacun était très flexible et claquait comme un fouet. Ils se terminaient tous par de vilaines griffes incurvées qui pouvaient transpercer, d'un seul coup, du métal de 15 centimètres d'épaisseur.

Le combat semblait perdu d'avance. Avec son corps conçu pour qu'aucun coup ne lui porte vraiment atteinte, Krahka dominait Roodaka par sa force et sa taille. Mais la vice-reine des Visorak échappait à chacune des attaques de Krahka tout en réussissant à la frapper de ses propres griffes. Pire encore, Roodaka attaquait si vivement et à une telle fréquence qu'elle empêchait Krahka de changer d'apparence.

Roodaka se faufila plus près de son adversaire et lui porta deux coups rapides qui la firent tituber. Puis elle lança son disque Rhotuka capable d'entraîner chez Krahka une mutation instantanée et permanente digne des pires cauchemars. À la toute dernière seconde, la créature Rahi se transforma en un insecte fossoyeur et disparut sous terre.

Un silence plana sur l'arène. Certaines des Visorak crurent que Roodaka avait gagné, tandis que d'autres en doutaient. Roodaka elle-même se tint parfaitement immobile, attendant le retour de Krahka sous une nouvelle apparence.

Le sol se fendilla sous les pieds de la vice-reine des Visorak. Avant qu'elle puisse réagir, il s'effondra sous elle et elle tomba tout droit vers la gigantesque gueule remplie de dents d'un ver troller de Po-Metru. Une partie de la horde se précipita, comme pour la sauver, alors que le reste des Visorak semblaient tout à fait heureuses de voir Roodaka se faire dévorer.

Celles-ci allaient être déçues. Roodaka réussit à planter ses crochets sur les bords et à se hisser hors du trou juste avant que les mâchoires géantes se referment sur elle. Une fois de retour sur la terre ferme, elle s'immobilisa et écouta attentivement le bruit produit par le ver immense qui se déplaçait sous la surface du sol. Plus vite que l'éclair, elle plongea un bras dans la terre et saisit la Krahka-ver dans ses pinces. Déployant une force incroyable, elle sortit le ver géant du sol.

Dès que Krahka réalisa dans quelle situation elle se trouvait, elle adopta la forme d'une petite anguille de lave. Son corps bouillant brûla la main de Roodaka, la forçant à lâcher prise. Krahka rampa plus loin et se transforma de nouveau, prenant cette fois l'apparence d'une Kahgarak, ces gigantesques araignées qui montaient la garde près des entrées du Colisée. Elle cracha un jet de toile vers Roodaka qui se retrouva collée au mur de l'arène.

— Tu... Tu ne peux pas me vaincre... avec mes propres créatures, siffla Roodaka.

Utilisant toute la force de ses muscles, elle se libéra de la toile et ajouta :

— Avec la taille que tu as, Rahi, tu es une cible impossible à manquer.

Roodaka projeta un autre disque. Krahka amorça une transformation, mais trop tard. Le disque la frappa. Les pouvoirs de Krahka neutralisèrent les effets de la force de mutation du disque, mais l'impact de celui-ci fut suffisant pour l'envoyer rouler dans la poussière. Reprenant une nouvelle fois l'apparence de Nokama, la bête Rahi tenta de se remettre debout.

La vice-reine des Visorak fut sur elle avant qu'elle y parvienne et lui enserra la gorge de sa pince.

— Je pourrais mettre un terme à cette histoire sur-le-champ, dit Roodaka, mais tu as, disons, des... capacités intéressantes. Je ne serais pas arrivée où je suis si je n'avais pas su utiliser chaque ressource potentielle.

Krahka laissa échapper un juron. Roodaka la saisit par le cou et l'obligea à regarder les centaines de Visorak rassemblées dans l'arène pour assister au combat.

— Un seul mot, un seul signe de ma part et elles te ligotent et te transforment en quelque chose de si laid que tu mourrais de peur en apercevant ton propre reflet, dit Roodaka. Ou alors, tu écoutes le marché que j'ai à te proposer. Décide.

Roodaka relâcha Krahka. La bête Rahi se leva, toujours sous la forme de la Toa de l'eau.

— Quel genre… de marché?

— Tous les Rahi ne finissent pas dans nos toiles, Krahka. Sous mon règne, ceux qui sont utiles survivent, et vont même prospérer. Tu peux être un de ceux-là. Tes talents particuliers et ton expérience passée avec les Toa Metru – bien sûr que je sais cela – feraient de toi la candidate idéale pour ce que j'ai en tête.

Krahka évalua l'offre. Si elle refusait, elle était sûre de tomber sous l'attaque de Roodaka et des Visorak… ou même pire encore. Si elle acceptait, elle aurait peut-être l'occasion de prendre sa revanche sur Roodaka plus tard.

Le défi des Hordika

— D'accord, dit-elle. Très bien. Que veux-tu que je fasse?

Roodaka esquissa un sourire.

— Sidorak et les hordes sont à la recherche des Toa Hordika. S'ils les attrapent, c'est parfait, mais au cas où ils ne réussiraient pas, je veux m'assurer que les Toa seront incapables de me faire obstacle.

— Comment?

Roodaka passa un bras autour de l'épaule de Krahka et l'emmena plus loin.

— Toi et moi, nous allons faire une faveur aux héros de Metru Nui. Nous allons leur révéler la vérité à propos d'eux-mêmes.

— Dis-moi la vérité, insista Nuju. Que faisons-nous ici?

Il se tenait aux abords de Ko-Metru, un district dévasté par le tremblement de terre et envahi par les araignées Visorak. Le revêtement de cristal des Tours du savoir réfléchissait son corps difforme. Jadis un Toa puissant, Nuju était maintenant un monstrueux Toa Hordika. Tout comme ses amis, il avait été transformé ainsi par le venin des Visorak.

Nuju examina son reflet. Son masque et ses outils avaient été tellement déformés qu'ils étaient presque méconnaissables. Son corps était plus robuste, mais il était difforme comme celui d'un Rahi. Les changements qu'il ressentait à l'intérieur de lui demeuraient encore ce qu'il y avait de pire à supporter. Il sentait à présent que la moitié Toa et la moitié animale de son esprit étaient en guerre. Il dut recourir à toute sa volonté pour calmer la rage animale qui menaçait de le détruire.

Quand il se retourna, il vit que Rahaga Kualus ne l'écoutait pas. Le drôle de petit personnage fixait le ciel. Nuju suivit son regard et n'aperçut rien d'autre que les chauves-souris de glace qui traversaient le ciel de temps à autre.

— Ne sont-elles pas magnifiques? murmura Kualus. Un aérodynamisme parfait. Une distribution du poids tout à fait efficace. Et une vitesse de vol... Savais-tu qu'une chauve-souris de glace peut dépasser un troupeau de Kikanalo en fuite?

— Non, répliqua Nuju avec froideur. Je l'ignorais.

Le Toa Hordika aurait aimé pouvoir s'éloigner et laisser cet étrange petit être à son obsession pour les créatures volantes. Malheureusement, c'était impossible dans les circonstances. On lui avait confié une mission et il avait vraiment besoin de l'aide de Kualus pour l'accomplir.

— Nous perdons du temps, grommela Nuju. Nous avons toute une cité de Matoran endormis à sauver. Nous sommes venus jusqu'ici pour récupérer des morceaux nécessaires à la construction des vaisseaux, pas pour admirer des oiseaux.

— Des rongeurs, dit Kualus. Les chauves-souris de glace sont des rongeurs. Je suis étonné de constater qu'un érudit comme toi ignore cela. Qu'est-ce que tu étudiais tant, pendant toutes ces années passées à l'observatoire?

Le Rahaga montra du doigt une chauve-souris qui voletait péniblement vers le sol. Elle avait abîmé son aile lorsqu'elle avait heurté une Tour du savoir. Incapable de contrôler sa trajectoire, elle volait tout droit en direction d'une toile de Visorak.

— Ne bouge pas, dit Kualus en bondissant aussitôt par-dessus les débris pour suivre la chauve-souris.

— Que fais-tu? demanda Nuju. Ce n'est quand même qu'un oi... un rongeur!

— Je fais comme font les Toa, répondit Kualus. Je vais au secours de celui qui ne peut pas se tirer d'affaire lui-même.

Tout en suivant la trajectoire de la bête de son regard perçant, Kualus lança le disque qui se trouvait sur son dos. Le disque fendit l'air droit vers la chauve-souris. Il adhéra immédiatement au corps du rongeur volant et le ramena au Rahaga qui l'attendait. Kualus attrapa le disque et en détacha la créature blessée. Puis il soigna délicatement ses blessures.

— Pratiques, ces machins, n'est-ce pas? dit Kualus. On les appelle des disques Rhotuka.

— Oui, dit Nuju. Si jamais j'ai besoin d'un attrapeur de chauve-souris, tu es la première personne à laquelle je vais penser.

Kualus improvisa à la hâte une attelle pour l'aile de la chauve-souris. Quand il eut terminé, il déposa la créature à l'intérieur d'une niche qui s'était formée dans une Tour du savoir endommagée. La chauve-souris de glace tenta de quitter l'abri, mais le Rahaga lui parla au moyen de cliquètements et de sifflements, tout en esquissant des gestes vifs avec ses mains. Le plus étrange, c'était de constater que la chauve-souris de glace semblait l'écouter.

— Qu'est-ce que c'est que ce charabia? demanda Nuju dont l'impatience ne faisait que grandir.

— Pas du charabia, répliqua Kualus en souriant. Un langage : le langage des créatures volantes, ou du moins, ce qu'une créature non volante peut reproduire et qui s'en rapproche le plus. De la même façon qu'elles ne gaspillent pas d'énergie lorsqu'elles sont dans les airs, elles ne prononcent aucun mot de trop lorsqu'elles parlent. Peut-être aimerais-tu apprendre?

Nuju secoua la tête.

— Non. Et maintenant, pouvons-nous y aller?

Kualus sauta sur ses pieds.

— Très bien, Toa Hordika. Ouvre la voie et je te suivrai… pourvu que j'aime l'endroit où tu me mènes.

* * *

BIONICLE®

Toa Hordika Nokama et Rahaga Gaaki nageaient en silence en suivant la côte est de Metru Nui. Tout le long de la côte, Gaaki avait vu des Visorak Boggarak occupées à envelopper dans des cocons toutes les créatures marines qu'elles avaient capturées. Parmi ces malheureuses proies, certaines seraient transmuées sous l'action du venin, tandis que d'autres seraient simplement condamnées à un sommeil éternel.

Nokama n'avait rien remarqué. Elle faisait corps avec l'océan, avançant dans le liquide en mouvements souples et puissants. Elle avait l'impression de sentir le moindre frétillement qui se produisait, des faibles courants jusqu'aux petits remous, en passant par le sillon du plus minuscule des poissons. Sentant la houle approcher, elle relâcha son corps et se laissa porter par le courant. Elle ne se souvenait pas d'avoir ressenti une telle sérénité, surtout depuis qu'elle était devenue une Toa Metru. Il lui sembla étrange qu'une transformation aussi monstrueuse en Hordika puisse lui procurer un sentiment si plaisant.

— Non. Il n'y a pas que du mauvais, dit Gaaki. En fait, il peut être tellement tentant de te laisser guider par l'animal en toi que tu en viens à ne jamais vouloir redevenir comme avant.

— Serait-ce si grave? demanda Nokama. Je peux

encore servir ma cité. Je peux encore protéger les Matoran... même sous cette forme.

— Mais peux-tu protéger tes amis? Peux-tu te protéger toi-même? interrogea Gaaki. Seul un être doté d'une volonté à toute épreuve peut s'interdire de succomber à l'attrait des Hordika. Bien sûr, tu te découvriras peut-être de nouveaux pouvoirs et de nouvelles façons d'être, mais le risque que tu régresses à un stade primaire et que tu détruises tout ce que tu as de plus cher au monde demeure.

Nokama aurait aimé que la Rahaga se taise. Elle n'allait rien détruire du tout : cette seule pensée était complètement ridicule. Elle allait plutôt utiliser ses nouvelles capacités pour devenir une protectrice de Metru Nui encore meilleure que par le passé.

Elle se dit que Gaaki devait être jalouse d'elle. Même sous sa nouvelle apparence, Nokama demeurait forte et agile. Il était évident que Gaaki lui enviait ces qualités.

Je vais la laisser m'accompagner, songea Nokama, *mais je dois la surveiller. Je ne suis pas certaine de pouvoir lui faire confiance.*

Loin au-dessus de Le-Metru, une Visorak de l'espèce des Roparak surveillait la scène avec attention.

Sa coloration brune lui permettait de se fondre dans l'enchevêtrement de fils et de toiles qui recouvraient le metru. Près d'elle, un pauvre oiseau Gukko essayait en vain de se libérer d'un cocon. La créature échouerait, bien sûr, et serait bientôt totalement inoffensive.

La Roparak dut renoncer au plaisir d'observer sa proie lutter pour sa survie. Le Toa vert et son compagnon, le Rahaga nommé Iruini, venaient tout juste de paraître. Leur comportement était pour le moins bizarre. Le Rahaga se déplaçait rapidement parmi les débris, mais il devait sans cesse s'arrêter pour presser le Toa d'avancer. La connaissance qu'ont les Visorak du langage des Matoran étant au mieux rudimentaire, la Roparak ne put saisir le sens de toutes les paroles que ces deux-là échangeaient. Cependant, elle reconnut un timbre de voix. C'était le même que Roodaka, la vice-reine des Visorak, avait employé avant de projeter l'un de ses gardes dans le vide.

La Roparak avait déjà envoyé un message par la toile pour informer les autres de l'arrivée du Toa. Depuis leur évasion du Colisée, les six Toa Hordika étaient en fuite. Jusqu'à présent, ils avaient réussi à échapper aux tentatives timides que faisaient les Visorak pour les capturer et, sans nul doute, ils se croyaient supérieurs aux hordes. Ils ne semblaient même pas réaliser que les araignées s'amusaient simplement à tester leurs défenses avant de commencer la chasse pour de bon.

À ses côtés, l'oiseau Gukko avait finalement abandonné sa lutte et gisait, épuisé. Dans peu de temps, il serait prisonnier du sommeil et n'aurait plus aucun souci ni ennui, rêve ou désir. Son organisme ralentirait jusqu'à ce que son corps n'ait plus besoin d'être nourri. Plus besoin de chercher de nourriture, de voler au-dessus de la cité ou de se construire un nid dans les câbles. La Roparak se demanda à quoi ressemblait cet isolement total du monde extérieur. La seule idée de ne plus avoir à répondre à Roodaka lui sembla étrangement attirante.

La Visorak se ressaisit juste à temps. Roodaka ne pouvait heureusement pas lire dans ses pensées, mais l'esprit du mal pour lequel elle travaillait, lui… savait tout. Il valait mieux se concentrer sur la poursuite et ne pas se laisser aller à des pensées qui risqueraient de la précipiter vers une fin précoce.

Le Toa et le Rahaga avaient pénétré à l'intérieur des grands bâtiments. La Visorak n'avait pas la moindre idée de ce qu'ils y cherchaient, mais cela n'avait aucune importance. Les vibrations de la toile l'informaient que la horde se rapprochait.

Le premier Toa à périr servirait d'appât pour les autres. Les héros se précipiteraient tout droit dans un piège… dont ils ne ressortiraient jamais.

— C'était ton idée, dit Iruini, et maintenant, tu changes d'avis.

— Merci de le souligner-remarquer, répliqua Matau.

Le Toa ôta des débris qui bloquaient le passage. Le Rahaga avait raison. C'était Matau qui avait suggéré aux Toa d'utiliser un véhicule aérien pour évacuer les Matoran de façon sécuritaire. Comme les Visorak avaient détruit tous les vaisseaux de Le-Metru, il fallait en construire de nouveaux. Les Toa s'étaient séparés pour récupérer les matériaux nécessaires et rassembler tout ce qui pouvait être utile pendant le voyage. Or, si les Matoran étaient sauvés – ou plutôt *quand* ils le seraient, se reprit Matau – il resterait bien peu de temps pour charger les vaisseaux et décoller. Ils étaient venus dans ce hangar d'aéronefs à la recherche de membranes de protodermis intactes qu'ils pourraient utiliser dans la construction des nouveaux appareils.

— Que veux-tu faire maintenant? demanda Iruini.

— Trouver ce Rahi dont vous avez parlé, répondit Matau. Keetongu : celui qui peut me guérir de… ceci.

Iruini s'impatienta.

— Je suppose que tu crois aussi que Mata Nui emprunte les toboggans pour apporter lui-même des cadeaux aux gentils Matoran le jour de leur anniversaire? Keetongu est un mythe, Matau. Certains des Rahaga croient qu'il existe, mais pas moi. Un Rahi aussi gros que lui, qui existerait depuis aussi longtemps, mais que personne n'aurait jamais vu? Allons donc!

— Oh… laissa échapper Matau. Il n'y a donc aucun espoir? Nous resterons des Hordika pour toujours?

Iruini s'élança, sauta, s'accrocha à un tuyau et exécuta à toute vitesse quelques mouvements de gymnastique. Puis il se laissa tomber en faisant un triple saut périlleux dans les airs avant de retomber sur ses pieds.

— Ce n'est pas si mal. On s'habitue à la longue.

Matau regarda le Rahaga avec étonnement.

— Tu veux dire que toi…?

Iruini s'accroupit au sommet d'un tas de débris et sourit.

— Tu penses que j'ai toujours eu cette apparence? Tu crois que je me suis toujours appelé Rahaga Iruini? Pas vraiment.

Le Rahaga bondit, atterrit sur le sol, roula sur lui-même et surgit juste devant Matau.

BIONICLE®

— J'ai déjà été Toa Iruini... il y a bien longtemps. Mais on n'oublie jamais ça, mon frère. Crois-moi, on ne l'oublie jamais.

Toa Hordika Onewa et Pouks s'accroupirent au sommet d'un canyon. Tout en bas, un petit troupeau de taureaux Kane-Ra s'agitaient devant l'entrée d'une caverne. Depuis que les Po-Matoran étaient partis, le troupeau revendiquait ce territoire. Ayant déjà dû le défendre contre les tigres Muaka, les taureaux étaient nerveux et aux aguets.

— Bon, dit Pouks, il y a une demi-douzaine de Kane-Ra entre toi et ton objectif, Onewa. Quel est ton plan?

— Facile. J'utilise mon Masque Kanohi du contrôle de la pensée sur le chef du troupeau et je les fais fuir.

Pouks secoua la tête.

— Les masques ne fonctionnent pas pour les Hordika, sculpteur. Essaie encore.

Onewa haussa les épaules, visiblement agacé.

— Dans ce cas, j'utilise mon pouvoir sur la pierre. Je déclenche un éboulement et je les fais fuir.

— C'est mieux. Pas bon, mais mieux, dit Pouks d'un

ton moqueur. Tu as une autre idée?

Onewa se leva et arracha un bout de rocher à la paroi du canyon.

— Je prends cette pierre et la leur lance, cria-t-il. Et je continue à les mitrailler jusqu'à ce qu'ils soient ensevelis sous les pierres. Je vais peut-être même t'en réserver une juste pour toi, Rahaga, si tu ne te tais pas. Puis je piétinerai les Kane-Ra et j'irai chercher ce que je suis venu chercher!

Pouks s'approcha d'Onewa et posa sa main sur son bras. Il exerça une légère pression sur celui-ci afin qu'Onewa se décide à lâcher la pierre, mais Onewa continua de la tenir en l'air.

— C'est le Hordika en toi qui parle, déclara Pouks. C'est la part de toi qui veut blesser et détruire.

Le Rahaga montra le canyon du doigt. Deux Kane-Ra se battaient, tête baissée, leurs cornes acérées prêtes à percer les flancs de l'autre.

— Tu dois dompter cette part de toi-même, Toa, ou alors tu es condamné à finir comme eux.

Les yeux fixés sur le Rahaga, Onewa brandit la pierre un peu plus haut.

Pouks plongea son regard dans le sien, à la recherche d'un signe quelconque lui prouvant qu'un héros de Metru Nui vivait toujours sous cette

enveloppe de monstre.

Si la partie Hordika a déjà pris le dessus, je suis mûr pour une bonne déception, se dit-il. *Une écrasante déception.*

Depuis qu'il était devenu un Toa, Whenua s'était retrouvé dans bon nombre d'endroits et de situations étranges. Maintenant qu'il avait été transformé en un Hordika bestial, il s'attendait plus que jamais à être plongé dans des histoires bizarres. Malgré tout, il n'avait pas imaginé se retrouver un jour à moitié enterré sous des ordures, devant une entrée des Archives.

— Que faisons-nous au juste? demanda-t-il.

Le Rahaga appelé Bomonga ne répondit pas. Il ne se retourna même pas pour jeter un coup d'œil au Toa.

— Nous sommes censés rapporter des disques de lévitation, dit Whenua dans un nouvel effort. Tu te rappelles?

Cette fois, Bomonga regarda son compagnon. Puis il recommença à fixer les ténèbres.

— Que cherchons-nous? demanda Whenua, irrité. Et pourquoi le faisons-nous enterrés sous un tas de saletés?

Mais Bomonga garda le silence. Whenua voulut se

lever. Le Rahaga lui attrapa le poignet et le tira vers le sol avec une force surprenante.

— Hé! protesta Whenua.

Le Rahaga montra l'obscurité devant eux. L'instant d'après, un insecte nocturne en émergea et vint se faufiler parmi les débris jonchant la chaussée abîmée. L'insecte faisait environ deux mètres de long et était doté de six pattes puissantes. Il faisait claquer ses mâchoires en fouillant les débris à la recherche de nourriture.

Whenua s'apprêta à dire que le moment était mal choisi pour s'adonner à l'observation des Rahi quand un autre individu entra en scène. C'était une araignée Visorak noire qui rampa rapidement en direction de l'insecte. Quand le Rahi nocturne comprit le danger, il était déjà trop tard. La Visorak cracha un jet de toile et ligota l'insecte.

Les yeux de Bomonga rétrécirent. Il envoya un disque en même temps qu'il poussa un cri guttural. Le disque tournoya en silence dans l'air, vint frapper la Visorak et se colla à son corps. Aussitôt, l'araignée fut paralysée. Sans attendre Whenua, le Rahaga bondit des détritus et tira sur les liens qui maintenaient l'insecte prisonnier.

Quand le Toa l'eut rejoint, le Rahi avait déjà

recouvré sa liberté. Il s'enfuit dans la nuit sans regarder derrière lui. Bomonga gesticula en direction de la Visorak, aussi immobile qu'une statue de Po-Metru.

— Apprends, lui dit le Rahaga.

Le côté Hordika de Whenua refusait de s'approcher trop près de la Visorak. C'était un mouvement de dégoût tellement instinctif qu'il fallut au Toa toute sa volonté pour le surmonter. Il se rappela qu'avant d'avoir été un Toa ou un Hordika, il avait été archiviste. Cette rencontre était pour lui une occasion en or d'examiner l'ennemi.

Quelque part dans la nuit, un rapace des rochers hurla. Whenua s'immobilisa pour écouter le cri plaintif. Lui aussi, il aurait voulu être là-bas, tapi dans l'ombre, à explorer, à chasser et à se battre pour sa survie. Un Rahi n'a pas de responsabilités, de devoirs ou d'obligations envers les autres. Plus il y pensait, et plus il lui semblait que c'était la bonne façon de vivre.

Il s'éloigna d'un pas de la Visorak, puis d'un autre, comme si une force magnétique l'attirait en arrière. Bomonga bondit par-dessus une dalle de pierre et se mit en travers du chemin de Whenua.

— Apprends! lui dit le Rahaga.

— Mais...

Bomonga hocha la tête.

— Tu apprends, tu survis. Tu n'apprends pas…

À contrecœur, Whenua tourna le dos à la Visorak. Pourtant, au fond de lui, il savait qu'il ne résisterait pas longtemps à l'envie de se joindre aux Rahi qui rôdaient dans la cité. Quand ce moment viendrait, aucun Rahaga ne pourrait l'arrêter.

Vakama défonça la porte de son ancienne forge. Il continua de frapper dessus longtemps après que la serrure eut cédé, jusqu'à ce que le métal soit cabossé et endommagé au point d'être irréparable. Puis il regarda autour de lui, à la recherche d'autre chose à briser.

— Était-ce vraiment nécessaire? demanda Norik.

— Non, mais c'était amusant, répondit Vakama. Tu n'es pas de cet avis?

Norik suivit Vakama dans la pièce sombre.

— Tout ce que j'ai vu, c'étaient des gestes destructeurs et gratuits.

— Et alors? Je suis un Toa. Et nous, les Toa, détruire, c'est tout ce que nous savons faire. Tu l'ignorais? Nous détruisons nos amitiés, nos maisons, notre cité… Au rebut, tout ça! Nous ne sauvons personne, rien du tout, Rahaga. Pas même notre peau.

Vakama ramassa une poignée d'outils servant à

fabriquer les masques et les lança de toutes ses forces contre le mur.

— Cet endroit est rempli de saletés inutiles, rugit-il. Nous n'aurions pas dû revenir ici.

— Tu as vécu des jours heureux ici, n'est-ce pas? demanda Norik. Même après être devenu un Toa, il t'est arrivé de souhaiter redevenir le fabricant de masques que tu avais été et de travailler ici, dans cet endroit.

— J'ai fait un tas de choses stupides quand j'étais un Toa. Celle-là était bien la moindre d'entre elles.

— La colère te dicte ces paroles, Vakama. Je sais que c'est elle qui alourdit autant le poids de la responsabilité que tu portes sur tes épaules.

Vakama fit volte-face, saisit Norik et le souleva de terre.

— Tu ne sais rien, petit! Tu ne me connais pas. Tu ne sais rien de moi. Alors arrête de faire comme si tu savais tout!

Norik pensa un instant que Vakama allait le frapper. Le Toa Hordika se contenta plutôt de hausser les épaules et de lâcher le Rahaga comme s'il s'agissait d'un masque brisé.

— Tiens-toi loin de moi jusqu'à ce que tout ça soit terminé, tu m'entends? avertit Vakama. Sinon, je ne donne pas cher de ta peau.

— Je peux très bien prendre soin de moi, répondit Norik en se secouant. Peux-tu en dire autant?

Vakama ne répondit pas. Il commença plutôt à farfouiller dans un tas d'outils, de pièces à moitié terminées, de masques brisés et d'autres vestiges de son ancienne vie.

— Je suis certain qu'ils sont ici. Où peuvent-ils bien être?

Norik l'observa et nota avec quelle désinvolture il bousculait des objets qui avaient dû être, autrefois, très chers à ses yeux. D'après les autres, Vakama avait toujours été le plus ardent des Toa Metru. Il semblait à présent que ce trait de caractère le faisait succomber plus rapidement à l'emprise de son côté Hordika.

— Que cherches-tu? demanda le Rahaga. Je peux peut-être t'aider à le trouver.

— Juste avant que Lhikan soit capturé, j'avais reçu une commande de Le-Metru pour fabriquer une demi-douzaine de modules de contrôle de dirigeables. J'ai fait les pièces, mais je n'ai jamais eu l'occasion de les envoyer à l'assemblage. Elles doivent être encore ici.

Vakama chercha sur son établi et parmi quelques piles d'objets qui jonchaient le sol, mais en vain. Frustré, il saisit un disque Kanoka et le lança de toutes ses forces de l'autre côté de la pièce. Le disque heurta le mur de plein fouet et, sous l'impact, il libéra sur-le-champ son pouvoir affaiblissant. La surface externe du mur s'écroula, révélant du même coup un petit coffre encastré dans la paroi.

D'un seul coup d'œil, Norik comprit que Vakama ne s'attendait pas à cette découverte. Le Toa traversa la pièce en trois grandes enjambées et arracha la porte du compartiment secret. Il y plongea la main et en ressortit un disque Kanoka rouge vif portant l'image gravée d'un masque Kanohi.

Vakama regarda le disque avec dédain comme s'il s'agissait d'un serpent Lohrak prêt à le mordre.

— Ça n'a aucun sens, murmura-t-il. Aucun sens. C'est impossible.

Norik escalada les tuyaux et vint regarder par-dessus l'épaule de Vakama. Le masque gravé sur le disque n'était pas du tout celui du Toa Hordika, ni celui d'aucun autre Toa non plus.

— Quel est ce disque?

Vakama le brandit et le jeta sur le sol. Du feu sortit du Kanoka. Le Toa Hordika et le Rahaga le regardèrent brûler en silence.

Quand Vakama prit enfin la parole, il semblait perdu.

— Je ne comprends pas. C'est un disque Toa, Norik, destiné à un Toa du feu. Il est semblable à celui que j'ai trouvé dans la châsse suva, le jour où je suis devenu un Toa Metru. L'image qui y était gravée était celle de mon Masque de la dissimulation, un signe qui certifiait que j'étais destiné à devenir un Toa selon la volonté de Mata Nui.

Le Toa Hordika ramassa le disque encore chaud.

— Le masque gravé sur ce disque est celui de Nuhrii, un Ta-Matoran. Il a trouvé l'un des six Grands disques et nous a aidés à sauver Metru Nui de la plante Morbuzakh.

Vakama fouilla dans son sac et en sortit son propre disque Toa. Il le transportait toujours avec lui comme un symbole de ce qu'il avait été jadis, même s'il n'avait plus son lanceur de disques. Il le regardait à présent comme s'il le voyait pour la première fois. Même du haut de son perchoir, Norik sentit que quelque chose n'allait pas.

— Quelque chose a été effacé, dit Vakama d'une voix faible. Je ne l'avais jamais remarqué auparavant. Quelque chose était là et a été effacé avant que mon masque soit gravé par-dessus.

Le Toa Hordika se laissa glisser sur le sol.

— Tu vois? Si tout cela est bien vrai, c'était le destin

de Nuhrii de devenir un Toa. Je suis… une erreur. Je n'aurais jamais dû devenir Toa du feu!

Norik fit de son mieux pour trouver des mots réconfortants, mais aucun ne lui vint. Il aurait voulu dire à Vakama qu'il y avait une erreur, que son interprétation de la situation était fausse, mais il resta muet. Il décida que le silence était de loin préférable au mensonge.

Nokama et Gaaki atteignirent une des entrées arrière du Grand temple. Elles s'attendaient à tomber sur de nombreuses patrouilles de Visorak postées là pour garder l'endroit, mais à leur grande surprise, il n'y en avait aucune. Encore plus étonnant, le temple était pratiquement intact.

La Toa Hordika ouvrit la porte, puis hésita. Enfin, elle fit un pas, puis s'arrêta de nouveau.

— Que se passe-t-il? Pourquoi est-ce que je me sens mal à l'idée d'entrer ici?

— Parce que tu n'es plus en communion complète avec Mata Nui, murmura Gaaki. Ton côté Hordika est une corruption. C'est pour cette raison que les Visorak préfèrent éviter des endroits comme celui-ci. Mata Nui est un esprit créateur, tandis qu'elles sont des créatures destructrices.

— Nous aurons besoin des Grands masques et des Nobles masques entreposés ici quand nous retournerons sur l'île, répliqua Nokama. Mon côté Toa

devra donc se montrer plus fort.

S'armant de courage, elle fit un autre pas dans le temple obscur, puis un autre, et un autre. Aucun d'eux ne lui parut facile. Elle se dirigea droit vers la pièce réservée aux masques Kanohi : c'était là qu'on les entreposait après qu'ils avaient été créés à Ta-Metru. Plus vite elle trouverait ce qu'elle était venue chercher, mieux elle se porterait.

Nokama arracha la serrure de la porte extérieure de la pièce et l'ouvrit toute grande. Elle se figea à la vue de ce qui l'attendait. Une petite créature haute d'environ 50 centimètres se tenait entre elle et la deuxième porte donnant accès à la pièce. La créature la regarda d'un air interrogateur, mais ne fit aucun geste menaçant. Cependant, quand Nokama fit un pas de côté, la créature l'imita pour l'empêcher de passer. Quand cela se produisit pour la troisième fois, Nokama perdit patience.

— Écarte-toi! ordonna la Toa Hordika.

Gaaki rejoignit Nokama à cet instant.

— Qui est-ce? demanda la Rahaga.

— Je l'ignore. Cette créature semble garder l'endroit. Mais pourquoi m'empêche-t-elle de passer?

— Ce n'est ni un Matoran ni la création d'un Matoran, affirma Gaaki. C'est une créature qui ne devrait pas exister.

Nokama mit un genou par terre pour être à la hauteur du gardien.

— Écoute-moi bien. Je suis Toa Nokama, la Toa Metru de l'eau. J'ai besoin des masques qui se trouvent dans cette pièce. Tu dois me laisser entrer pour le bien de la cité.

La petite créature la regarda avec intensité. Elle avait une mine presque comique, mais elle n'était pas du tout d'humeur à rire. Elle donna un grand coup de pied comme si elle avait voulu repousser un caillou qui se trouvait sur son chemin. Nokama se retrouva soudainement en train de voler d'un bout à l'autre de la pièce. Elle alla s'écraser contre le mur du fond, stupéfaite.

— Ne devrait pas exister, répéta Gaaki, mais est manifestement bien vivante.

Dans la pièce des masques, Krahka interrompit un moment son travail pour tendre l'oreille aux bruits de combat. Elle reconnut la voix de Nokama et sut qu'elle aurait peu de temps pour accomplir sa tâche. Elle résista difficilement à l'envie d'ouvrir la porte toute grande et de réduire en miettes la Toa de l'eau...

Non, se dit-elle. *J'aurai du temps pour ça plus tard.*

Le défi des Hordika

Le plan de Roodaka va affaiblir les Toa et faire d'eux des victimes faciles, prêtes à tomber quand je le jugerai bon. De toute façon, Roodaka doit périr la première.

Elle adopta l'apparence de Vakama et s'avança vers l'endroit où les masques étaient entreposés. Chacun des six masques reposait dans une fente, attendant que quelqu'un s'en saisisse et utilise son pouvoir. Un hiéroglyphe représentant l'un des six éléments apparaissait au-dessus de chaque fente, mais ce n'était pas ce qui intéressait Krahka. Ce qui l'intéressait plutôt, c'était ce qui n'était *pas* là.

Selon Roodaka, un prophète Ko-Matoran s'était rendu spécialement au Grand temple peu après la première apparition de la plante Morbuzakh dans la cité. Il avait gravé les noms des six Matoran destinés à devenir des Toa Metru au-dessus de chacune des fentes. Quand les Ga-Matoran avaient découvert cela, ils s'étaient empressés de recouvrir les inscriptions, n'appréciant pas cette façon d'annoncer la volonté de Mata Nui. La tâche de Krahka consistait donc à faire apparaître ces noms au grand jour une nouvelle fois.

En utilisant le pouvoir du feu et de la chaleur avec précision, elle fit fondre rapidement le protodermis qui remplissait les inscriptions. Et alors, un par un, les noms réapparurent. En les lisant, Krahka ne put s'empêcher de sourire.

Rusée, ça oui, songea-t-elle. *Malgré tout ce qu'elle peut être d'autre, Roodaka est assurément très rusée. Trop rusée pour qu'on la laisse vivre.*

Les bruits de combat s'amplifièrent de l'autre côté de la porte. Maintenant que son travail était accompli, Krahka devait sortir de là. Elle se prépara à une autre transformation et adopta la forme d'une créature gazeuse qu'elle avait autrefois rencontrée, loin sous la surface d'Onu-Metru. Puis elle se glissa dans l'interstice séparant la porte du plancher et fila hors de la pièce.

Nokama était trop occupée pour remarquer le nuage de brume qui flottait au plafond. Toutes ses tentatives pour contourner le gardien ou pour sauter par-dessus avaient échoué. Sans même la toucher, le gardien avait réussi chaque fois à l'envoyer au plancher. Sa colère augmentait à chaque nouveau coup qu'elle recevait. Elle sentait son côté Hordika prendre le dessus et cela lui était bien égal à présent.

Gaaki était restée en retrait et observait le combat inégal. Il devait bien y avoir une explication à cette situation et elle devait la trouver pendant que Nokama était encore en état d'entendre raison. La Toa Metru de l'eau aurait cessé depuis longtemps de charger tête première sans réfléchir, mais une Toa Hordika n'usait d'aucune stratégie... seulement de brutalité.

Nokama bondit. Le gardien réagit en donnant un coup de pied. La Toa Hordika retomba et heurta le sol avec violence.

La créature fait des mouvements vers Nokama, mais ne la touche jamais, réfléchit Gaaki. *Enfin... si elle la touche, ça ne se voit pas.*

Gaaki attendit que Nokama charge de nouveau, puis elle lança son disque Rhotuka en direction d'un point situé à quelques mètres au-dessus de la tête du gardien. Le disque ne causerait aucun dommage, mais il aiderait peut-être à résoudre un mystère. Le gardien ne le vit pas venir, trop occupé qu'il était à envoyer Nokama au plancher une fois de plus. Les yeux perçants de Gaaki suivirent la trajectoire du disque qui fendit l'air en ligne droite, avant de frapper ce qui ressemblait à un mur invisible. Le disque tomba sur le sol et son énergie se dissipa.

La Rahaga se précipita vers Nokama qui tentait de se relever.

— Ce n'est pas ce que ça semble être! dit-elle avec empressement. C'est ça, la réponse!

Nokama bouscula Gaaki en grognant, mais la Rahaga refusa de reculer.

— Nokama, écoute-moi! Écoute! La brutalité, c'est tout ce qu'un Hordika connaît, mais la brutalité ne sert à rien dans ce cas-ci!

— Alors, quoi d'autre? explosa Nokama. Dis-le moi!

— Rappelle-toi le poisson des cavernes. Il se gonfle pour paraître plus menaçant lorsqu'il est en danger. Ce gardien fait exactement le contraire : il se rapetisse!

Nokama lutta pour comprendre les paroles de Gaaki. Les mots traversaient difficilement le nuage de colère qui avait envahi son cerveau.

— Plus petit?

— Le gardien que tu vois imite les mouvements du gardien que tu ne vois pas, dit Gaaki. Il projette une version miniaturisée de lui-même pour te tromper et, pendant ce temps, il te donne des coups.

Nokama fit un signe de la tête.

— Le vrai gardien est invisible… L'eau pourrait changer cela. Si seulement j'avais encore mes pouvoirs de Toa…

— Tu en as, dit Gaaki en l'aidant à se relever. Ton disque Rhotuka, Toa. Concentre-toi et lance-le!

Nokama avait essayé d'oublier l'étrange disque et le lanceur de disque qui faisaient partie de son corps depuis sa transformation en Toa Hordika. À présent, elle trouvait extrêmement difficile de les utiliser. Il fallait faire preuve d'une volonté plus grande qu'il n'en avait jamais fallu pour déclencher ses pouvoirs élémentaires. Puis, tout à coup, cela fonctionna : un disque d'énergie sortit du lanceur et tournoya à travers la pièce jusqu'au gardien.

Dès que le disque le toucha, des pluies torrentielles s'abattirent sur la pièce. Les gouttes dessinèrent la silhouette réelle du gardien, lequel était facilement sept fois plus grand que sa taille visible en version miniature. Nokama sourit, mais c'était un sourire sans joie. C'était le sourire d'un prédateur qui pourchasse sa proie.

— À présent, voyons comment tu te débrouilles par mauvais temps, dit-elle en se précipitant sur le gardien.

Celui-ci, minuscule, donna un vilain coup de pied et ce mouvement fut reproduit par sa version en taille réelle. Cependant, comme Nokama pouvait maintenant voir son adversaire, elle put parer ses coups, plonger et rouler sur elle-même. En frappant les jambes du gardien, elle parvint à le faire trébucher. Comme un arbre abattu, la créature tomba de tout son long et alla s'écraser contre le mur d'en face. Nokama bondit et plaqua son adversaire au sol.

— Je suis une Toa, grogna-t-elle. Une Toa! Une Toa!

— Ça va, Nokama, c'est fini à présent, dit Gaaki. Tu as gagné.

Peu à peu, la raison revint dans le regard de Nokama pendant qu'elle tentait de dompter son côté Hordika. Honteuse, elle regarda en direction de la Rahaga.

— Je... Je l'ai perdu, n'est-ce pas? J'ai perdu le contrôle.

— Tu as su te ressaisir, dit Gaaki, et c'est tout ce qui compte.

Nokama se leva et ouvrit la porte donnant sur la pièce des masques. Elle disparut à l'intérieur. Un moment plus tard, Gaaki l'entendit étouffer un cri de surprise. La Rahaga courut la rejoindre afin de savoir ce qui se passait.

La Toa Hordika fixait le mur où étaient encastrés les compartiments contenant les masques Kanohi. Le nom des Matoran destinés à porter ces masques de Toa était gravé au-dessus de chaque fente. Gaaki plissa les yeux pour découvrir celui sur lequel le regard de Nokama s'était figé.

C'était celui du symbole de l'eau. On pouvait y lire : « Vhisola ».

* * *

— Mauvais nom. Mauvais, mauvais, mauvais.

Kualus traversait le long corridor central d'une Tour du savoir tout en jetant des coups d'œil aux registres et en marmonnant. Loin devant lui, Nuju faisait de son mieux pour ignorer le Rahaga et se concentrer sur sa mission, mais cela devenait de plus en plus difficile d'interrompre le flot constant de ses commentaires.

— Oh! s'exclama Kualus. Non, non. Qui a pu imaginer ça?

Nuju s'arrêta net et se retourna lentement. Il toisa Kualus. Le Rahaga était occupé à regarder une collection de gravures sur les Rahi, qui avaient été prêtées par les Archives.

— Qu'y a-t-il?

— Gukko? Quel genre de nom est-ce, Gukko? dit Kualus comme s'il posait la question à lui-même autant qu'à Nuju.

— C'est ainsi qu'on nomme cette espèce d'oiseau. C'est ainsi qu'on l'a toujours nommée.

— Eh bien, ce n'est pas ainsi qu'ils se nomment entre eux, je peux te l'affirmer, dit Kualus. Dans leur langage, le mot « Gukko » peut même être perçu comme une insulte. Je ne suis pas certain, il faudrait que je leur demande.

— Une autre fois, répondit platement Nuju. Nous avons du travail.

— Toujours parfaitement concentré sur la tâche à accomplir, dit Kualus en pressant le pas pour rejoindre le Toa Hordika. Comme c'est admirable! N'empêche, le ciel pourrait être rempli de créatures volantes, je parie que tu ne les remarquerais même pas.

— Si elles produisaient autant de bruit que toi, je les remarquerais à coup sûr, répondit Nuju à voix basse.

Le Toa Hordika guida son compagnon vers le centre de la Tour du savoir. Il y avait devant eux une gare de jonction où se croisaient plusieurs toboggans, un lieu aussi vaste que tous les autres du même genre dispersés dans la cité. Protégés par les murs de la tour, ces toboggans n'avaient presque pas été abîmés par le cataclysme. Même si les parois extérieures étaient recouvertes de glace, Nuju comprit que le protodermis liquide y circulait toujours.

Nuju se dirigea vers une niche aménagée dans le mur et en tira une longue lame incurvée qui semblait dégager de l'énergie.

— Alors, c'est très simple. Les Le-Matoran font ça souvent, dit-il en tendant la lame à Kualus. Grimpe sur les toboggans et coupes-en un à deux endroits espacés d'environ 1,5 bio. Quand la partie coupée va tomber, je vais utiliser mon disque Rhotuka pour en sceller les deux extrémités avec de la glace et empêcher le protodermis liquide de se répandre. Mais d'abord...

Le Toa Hordika lança trois disques d'énergie en leur imprimant un mouvement de courbe sous l'enchevêtrement de toboggans. Il en résulta une glissoire de glace qui permettrait à la partie sectionnée de rouler en toute sécurité jusqu'à l'endroit où se tenaient Nuju et Kualus.

Le Rahaga promena son regard de Nuju à la lame, puis de la lame au Toa.

— Pour quoi faire?

— Nous propulser, répondit Nuju. Le protodermis emmagasine une force énorme en circulant dans les toboggans. En installant une portion de toboggan dans le vaisseau, puis en perçant une petite ouverture dans la partie glacée recouvrant l'une des extrémités, l'évacuation de cette énergie emmagasinée va nous propulser vers l'avant.

Kualus sembla sceptique, mais il s'exécuta et grimpa sagement sur l'un des toboggans. Puis il brandit la lame et, après un dernier coup d'œil vers Nuju, l'abattit sur le toboggan, tranchant d'un coup le champ magnétique qui l'entourait.

BIONICLE®

Des Suukorak surgirent de l'intérieur du toboggan, ce qui déstabilisa Kualus. Le Rahaga tomba, réussissant de justesse à coincer la lame sous un toboggan et à s'y accrocher au péril de sa vie. La horde lança plusieurs disques en direction de Nuju. Le Toa Hordika se retrouva bientôt prisonnier d'un champ d'énergie électrique. Assailli par les éclairs et incapable de bouger, il vit avec horreur les araignées Visorak reporter leur attention sur le Rahaga. Nuju ferma les yeux dans l'attente des cris d'horreur qui allaient bientôt emplir l'air.

— Où est-ce donc? Je suis certain d'avoir vu ça ici la dernière fois.

Lancé dans ses recherches, Whenua mettait sens dessus dessous une salle d'entreposage des Archives, bousculant sans ménagement des spécimens de grande valeur. Bomonga l'observait en silence. Il n'avait aucune idée de ce que le Toa Hordika cherchait, et il ne se donna pas la peine de le demander.

Whenua poussa un cri triomphal en brandissant hors du bric-à-brac un fragment d'une ancienne tablette. Il souffla sur la poussière qui le recouvrait et le montra fièrement au Rahaga.

— C'est là-dessus que j'ai vu le mot Visorak pour la première fois, expliqua-t-il. Ce fragment avait été rapporté à Metru Nui par des marchands, il y a très longtemps. Il contient peut-être des informations qui pourraient nous être utiles.

Bomonga approuva aussitôt. Rappeler à Whenua l'importance de la connaissance avait été une sage décision. Ainsi l'archiviste était resté lié au Toa Metru et au Matoran qu'il avait été, un exercice vital s'il voulait résister à l'attrait de son côté Hordika.

« Nul ne sait d'où viennent les Visorak ni pourquoi elles sont apparues, lut Whenua. Les rares qui aient réussi à maîtriser leur langue prétendent que "Visorak" signifie "voleuses de vie", alors que d'autres le traduisent par "fléau empoisonné". Dans les deux cas, ils ont raison. Craignez-les, car elles sont une menace pour le pays, ne laissant derrière elles que la souffrance et la peur. »

Whenua secoua la tête et examina la tablette de plus près.

— Le bout de texte suivant est trop effacé pour être lisible… mais ensuite, on lit : « Apparemment, certaines Visorak Roporak essayèrent de se rebeller contre les chefs de la horde, Roodaka et Sidorak, et Roodaka… »

Le Toa Hordika cessa brusquement sa lecture. Au bout d'un moment, Bomonga risqua :

— Elle les a tuées?

— Non, répondit Whenua. Si elle l'avait fait, les Roporak lui en auraient été presque reconnaissantes.

Bomonga décida qu'il valait mieux ne pas laisser Whenua réfléchir trop longtemps à ce qu'il avait lu.

— Occupons-nous plutôt de ce que nous sommes venus chercher, décida le Rahaga. Le temps file.

— Quoi? Oh! bien sûr, répondit Whenua en rangeant la tablette dans son sac.

Ce fut facile de trouver dans les Archives une poignée de disques Kanoka « amplificateurs de poids ». On installerait ces disques dans les vaisseaux, de pair avec des disques de lévitation, pour que les engins puissent décoller et atterrir. Quand Whenua les eut placés en sécurité, Bomonga et lui se mirent en route pour trouver une sortie. Curieusement, au lieu de remonter vers la surface, ils se dirigèrent plutôt vers les niveaux inférieurs.

— Ce sera sans doute plus rapide d'emprunter ces niveaux que d'essayer de marcher dans les rues, expliqua le Toa Hordika. Tâche d'ouvrir l'œil.

— Comme toujours, répondit Bomonga.

Whenua prit le chemin le plus court. Cette décision s'expliquait d'une part parce que l'endroit demeurait un lieu dangereux, même si la majeure partie de ses habitants d'origine rôdait maintenant en liberté dans la cité. D'autre part, le côté Hordika de Whenua se sentait oppressé dans les Archives, comme si les murs se refermaient sur lui. Il avait besoin d'être à l'air libre et de voir le ciel.

Le Toa et le Rahaga s'arrêtèrent soudainement. Des bruits de combat provenaient des niveaux supérieurs. Whenua risqua un œil de l'autre côté du mur et vit un Rahkshi gris qui affrontait une énorme araignée Visorak. Le Rahkshi était plus rapide et plus agile que la Visorak, mais celle-ci parait facilement ses coups.

— Une Kahgarak, murmura Bomonga. C'est mauvais signe.

— Comment ça, mauvais?

— Regarde.

Le Rahkshi tenta à nouveau de passer devant son adversaire, mais il ne réussit qu'à se faire repousser violemment par une des puissantes pattes de la Kahgarak. Alors, l'araignée sembla blasée. Elle lança son disque Rhotuka en direction de l'ennemi. Lorsque le disque heurta le Rahkshi, un champ d'ombre se forma aussitôt autour de la créature effrayée. L'instant d'après, le Rahkshi avait disparu, complètement avalé par l'obscurité.

Bomonga répondit à la question silencieuse de Whenua.

— Le Rahkshi est toujours là. Prisonnier de l'obscurité. Tu ne peux pas le voir, il ne peut pas te voir. Ni t'entendre. Ni te toucher. Ni s'échapper. Jamais.

— Bon, dit Whenua. Essayons un autre chemin.

Tous deux firent demi-tour et empruntèrent en silence le chemin par lequel ils étaient venus. Ils n'avaient fait que quelques pas quand une silhouette surgit des ténèbres devant eux. C'était une autre Kahgarak. Les yeux fixés sur eux, elle s'apprêtait à actionner son lanceur de disque.

— *Toi?* Tu étais un Toa? répéta Matau, incrédule. Mais, tu es… tu es…

— Petit? Laid? Avec une allure un petit peu trop Rahkshi à ton goût? dit Iruini. Tu peux le dire. Je me suis reproché les mêmes choses pendant des années, et de bien pires encore.

— Mais comment?…

— Norik est le conteur du groupe, pas moi. J'ignore pourquoi, mais ces types de feu semblent toujours avoir quelque légende à raconter. Ça doit être à cause de l'air chaud qui les entoure en permanence.

Debout sur ses pieds, Iruini s'élança vers l'arrière, fit une culbute en l'air et atterrit sur un tuyau.

— Qui t'a transformé ainsi? Il y a combien de temps? demanda Matau.

Iruini sourit. Il devina les pensées de Matau. Le Toa Hordika s'inquiétait et voulait savoir s'il finirait lui aussi par ressembler à un Rahaga.

S'il ne fait pas attention, il pourrait bien finir en quelque chose de pire encore, mais il est inutile de lui dire ça maintenant, songea Iruini. *Il a déjà assez de mal à tenir le coup.*

— Ça s'est passé ainsi. Tous les six, nous avions mené un combat que nous avions gagné; du moins, c'était ce que nous croyions. Nous n'avions pas compris que notre ennemi avait des amis qui voudraient le venger. Kualus, Bomonga, Pouks et Gaaki ont été capturés et transformés. Euh... pour toutes sortes de raisons, Norik et moi n'étions pas avec eux à ce moment-là. Nous les avons sauvés de la mort, mais non sans d'abord avoir été nous-mêmes transformés. Voilà comment nous en sommes venus à former cette belle grande famille d'affreux.

— Tu n'as pas tout à fait répondu à ma question, nota Matau.

Iruini s'élança du tuyau en se balançant, fit un saut périlleux dans les airs et retomba sur une pièce de machinerie.

— C'est vrai, tu voulais savoir qui était assez cruel et sadique pour faire ça à un autre être vivant... quel genre de monstre peut se délecter de la souffrance des autres. Eh bien, Toa, elle te connaît même si tu ne la connais pas encore. Celle qui m'a fait ça est la même que celle qui t'a transformé en Hordika.

Le Rahaga s'immobilisa, les yeux fixés au sol, figé par les souvenirs qui lui revenaient en mémoire. Il se souvint de la liberté et de la puissance qu'on ressent à être un Toa, et de la satisfaction qu'on retire à protéger les autres. Il se rappela comme il faisait bon sentir que rien ne pouvait faire obstacle quand on luttait pour le triomphe du bien. Puis l'horrible souvenir de la nuit où quelque chose avait mis fin à sa vie de héros lui revint, comme toujours.

— Roodaka a fait cela, murmura-t-il sans regarder Matau. Elle l'a fait en riant. Les autres sont peut-être ici pour sauver les Rahi des Visorak ou pour chercher une vieille créature sortie tout droit des légendes des Matoran. Mais moi, je suis ici pour m'assurer que Roodaka ne rira jamais plus.

Matau ne sut trop que dire. Il avait été tellement préoccupé par ce qu'il était devenu et avait tellement cherché à s'en sortir qu'il n'avait même pas songé à se venger. Il comprit toutefois que pour quelqu'un comme Iruini, condamné à vivre toute sa vie dans la peau d'un Rahaga, cela devait être une véritable obsession.

Le Toa Hordika s'apprêtait à mettre un terme à ce moment embarrassant en suggérant de poursuivre leur recherche quand Iruini leva la main. Puis le Rahaga se précipita vers la porte. À peine Matau l'avait-il rejoint qu'Iruini l'avait déjà verrouillée et s'affairait à empiler des débris devant.

— Elles s'en viennent, dit-il. Aide-moi à bloquer cette porte.

Matau n'eut pas besoin de demander de qui il s'agissait. Il entendait déjà les Visorak gratter de l'autre côté de la porte. Et elles semblaient arriver par douzaines.

— Y a-t-il d'autres entrées? demanda Iruini.

— Les fenêtres, mais elles sont bien fermées-verrouillées, répondit Matau en se forçant à réfléchir le plus vite possible.

Son côté Hordika lui dictait de s'enfuir quand il sentait les Visorak aussi proches.

— Les portes... Les portes sur le toit du hangar... Si elles ont été endommagées par le tremblement de terre, elles pourraient bien être ouvertes.

Sans attendre le Rahaga, Matau se rua dans l'escalier menant au toit. En chemin, il vit par les fenêtres que les Visorak escaladaient le côté du bâtiment. Quand elles passaient sur les carreaux, le dessous de leur corps brillait grossièrement à la lueur de la torche de Matau. Si elles atteignaient le toit les premières, il ne parviendrait jamais à fermer les portes du hangar à temps pour les empêcher d'entrer.

Il entendit un bruit de vitre cassée juste au-dessus de sa tête. Une des Visorak avait brisé le carreau avec une de ses pattes et cherchait à tâtons le verrou de la fenêtre. Matau saisit un morceau de tuyau et frappa l'araignée, la forçant à retirer sa patte du trou. Il entendit le grattement des pattes des araignées de l'autre côté du mur.

Succomber à l'attaque d'une grosse bestiole n'est pas une façon de périr digne d'un héros Toa, pensa-t-il. *Même pour un Toa qui a l'apparence que j'ai.*

Il regarda en l'air. La lumière des étoiles entrait par les portes du hangar. Des débris les maintenaient grandes ouvertes. L'instant d'après, les corps des Visorak rassemblées sur le toit masquaient les étoiles.

Cette histoire fera une bien triste-sombre chronique, se dit Matau. *À condition qu'il y ait encore quelqu'un pour l'écrire, bien sûr…*

Pouks leva les yeux vers Onewa. Le Toa Hordika tremblait, non pas à cause de la pierre qu'il brandissait, mais à cause du combat qui se déroulait en lui.

— Il y a toujours une solution, dit Pouks en montrant du doigt le mur de l'autre côté du canyon. Tout ce que tu dois faire, c'est la chercher.

Onewa regarda dans la direction qu'indiquait le Rahaga. L'entrée d'une caverne se trouvait dans le haut du mur. Ce n'était pas une caverne naturelle; ses bords dentelés indiquaient clairement que l'entrée avait été creusée. Onewa sourit et lança la pierre de toutes ses forces à travers le canyon. Elle aboutit directement dans la caverne.

La réponse ne se fit pas attendre. Trois rapaces des rochers surgirent, cherchant des yeux qui avait osé les attaquer. Ces Rahi à l'allure bizarre s'étaient établis à Po-Metru et y chassaient des créatures bien plus grosses qu'eux. Pendant qu'ils balayaient les lieux du regard, leurs bras s'agitaient en l'air. Chacun d'eux se terminait par une lame faite pour tailler la pierre. Bientôt, leurs yeux se fixèrent sur le troupeau de Kikanalo qui se tenait au fond du canyon.

Les Rahi se mirent aussitôt au travail. Ils donnèrent de grands coups dans le mur de pierre, faisant éclater le roc. Dans l'espace de quelques secondes, toute la paroi externe du mur se détacha du reste du canyon. La pierre glissa et vint s'écraser tout près du troupeau; toutes les bêtes détalèrent de peur. Pendant qu'elles se dispersaient, les rapaces des rochers sautèrent de leur perchoir pour plonger vers les moins rapides d'entre elles. Bientôt, le canyon fut désert.

— Tu vois? dit Pouks. Parfois, il faut charger comme un Kikanalo et parfois, il faut filer comme un rat-rocheux. Les deux méthodes fonctionnent.

— Nous ferions mieux de nous rendre là-bas avant que les rapaces reviennent, répondit Onewa. Ils n'ont pas l'habitude d'embêter les Toa ou les Matoran, mais je ne ressemble ni à l'un ni à l'autre... et toi non plus.

Le Toa Hordika et le Rahaga dévalèrent la pente. Ils se dirigèrent vers une caverne où étaient entreposés les disques Kanoka de Po-Metru. Onewa était certain d'y trouver des disques de lévitation, indispensables à la construction des vaisseaux. Une fois qu'ils les auraient, ils pourraient rejoindre les autres à Le-Metru.

Onewa ouvrait la marche. Les disques se trouvaient exactement à l'endroit où il pensait les trouver. Il avait commencé à les rassembler quand il entendit des bruits de pierre qui s'effrite venant de plus loin dans le tunnel.

— Reste ici, dit-il à Pouks en s'éloignant pour voir ce qui se passait.

— Attends...

— Je t'ai dit de rester ici! ordonna Onewa. S'il y a quelque chose là-bas... enfin, l'un de nous doit rapporter ces disques aux autres.

Le Toa Hordika descendit prudemment dans le

tunnel. Tout à coup, un serpent des rochers rampa vers lui. Il était bien long de deux mètres et assez puissant pour broyer de la pierre entre ses anneaux. En temps normal, cela aurait pu être un problème, mais le serpent sembla aussi perturbé par l'apparence du Hordika qu'Onewa l'était par lui, et il s'enfuit sans demander son reste.

L'origine du bruit fut facile à identifier. Tout un pan de mur du tunnel s'était effondré, révélant une caverne cachée derrière. Quand Onewa y mit les pieds, il comprit que la pièce avait été creusée à même la paroi rocheuse. Son côté Rahi sentit le danger. Il dut faire appel à toute sa volonté pour résister à l'envie de fuir.

Il avait peine à voir, malgré ses sens plus développés depuis qu'il était un Hordika. Il chercha le mur à tâtons. Sa main effleura une série d'inscriptions gravées dans la pierre qui lui semblèrent relativement récentes au toucher. Onewa fit glisser ses deux mains sur le mur pour essayer de déchiffrer leur signification.

Un frisson lui parcourut le corps. Il s'agissait d'une sorte de formule, du genre que les Ko-Matoran devaient étudier dans les Tours du savoir. Il aurait souhaité que Nuju fût à ses côtés pour interpréter les inscriptions. En fait, il aurait souhaité que n'importe qui d'autre fût à sa place.

Le défi des Hordika

Les deux soleils… une période sombre… le Grand esprit prisonnier du sommeil… l'Univers plongé dans l'obscurité.

Onewa retira vivement ses mains du mur comme s'il venait de se brûler. Il comprit soudainement ce qu'était ce lieu et à qui il avait appartenu.

C'était l'un des repaires de Makuta, songea-t-il. *C'est ici qu'il a calculé le moment exact où les soleils s'assombriraient et qu'il a concocté son crime contre les Matoran. Voilà pourquoi mon côté Hordika est aussi furieux. Il ressent tout le mal dont cet endroit est imprégné.*

Onewa fit demi-tour et trébucha. Il se pencha et découvrit une tablette sur le sol. Comme il faisait trop sombre pour la déchiffrer, il la ramassa et l'emporta avec lui.

Cette tablette contient peut-être d'importants renseignements, espéra-t-il. *Une solution pour renverser notre transformation en Hordika ou un indice pour trouver ce Keetongu dont les Rahaga ont parlé. Quelque chose, n'importe quoi, pour changer notre destinée!*

À l'entrée de la caverne, Pouks vit le serpent des rochers passer près de lui, se frayant rapidement un chemin vers les montagnes. Bien qu'il ne fût pas

spécialiste des serpents – Norik s'occupait de cela – ,
Pouks remarqua que quelque chose clochait chez cette
créature.

Il jeta un regard derrière lui. Onewa n'était pas en
vue. Si son pressentiment était juste, il n'y avait pas une
seconde à perdre. Pas question de partir à la recherche
du Toa Hordika. Il devrait faire le travail lui-même.

Pouks prépara son lanceur de disque et prit le
serpent en chasse.

*Si je l'attrape, peut-être que je réussirai à savoir ce
qui clochait chez lui,* raisonna-t-il. *Si c'est lui qui
m'attrape…*

Il décida qu'il valait mieux ne pas penser à cela.

— Regarde ce que j'ai trouvé, Pouks…

Onewa s'arrêta net. Le Rahaga n'était plus là. Il
regarda aux alentours, mais ne vit ni signes de bataille
ni traces de pas. Onewa était peut-être à moitié Rahi,
cela ne faisait pas de lui un bon chasseur pour autant.

Il se mit à lire la tablette. Au bout d'un moment, il
se sentit comme la fois où il était tombé dans un nid
de vers trollers. Le corps recouvert de sable et de
vase, il s'était enfoncé peu à peu dans le bourbier. Il
avait alors pensé ne jamais s'en sortir… et il savait
que, même s'il réussissait à le faire, il ne se sentirait

plus jamais propre.

Son regard s'arrêta sur une phrase en particulier. Il la relut, puis une troisième fois et une quatrième fois encore. Soudainement, tout prit un sens à ses yeux et, en même temps, plus rien n'en avait. Il n'était sûr que d'une chose : il devait absolument apporter cette tablette aux autres Toa.

Ils doivent connaître la vérité, se dit-il, *même si celle-ci nous détruira tous.*

6

Vakama abattit la porte d'un grand coup de pied et pénétra à l'intérieur de la pièce, Norik derrière lui.

— Tu ne peux pas faire ça, insista le Rahaga. Tu déshonores sa mémoire!

— Sa mémoire! Et que fais-tu de ma vie? répondit Vakama, cinglant. J'ai tout abandonné parce que j'ai été choisi pour être un Toa. Tout : ma maison, mon travail, mes amis. Si c'était un mensonge, j'ai le droit de le savoir!

— Oui, mais entrer dans la chambre de Toa Lhikan…

— Il s'en fiche. Il est mort, répliqua Vakama. Tu ne le savais pas? Il est mort parce qu'il a choisi le mauvais Matoran pour devenir un Toa Metru.

Un gros meuble à tiroirs occupait un coin de la simple pièce qui composait ce que Toa Lhikan appelait, dans ses derniers temps, sa maison. Il était verrouillé. Vakama leva son poing et frappa violemment le meuble, qui vola aussitôt en morceaux. Une tablette tomba sur le sol.

— Tu n'en sais rien! poursuivit Norik. Tu te trompes peut-être sur toute la ligne. Vas-tu abandonner tes amis et renoncer à sauver les Matoran à cause de ça? Et si tu te trompais?

— Je ne me trompe pas, répondit Vakama en lançant la tablette avec tant de vigueur à Norik que celui-ci l'attrapa de justesse. Lis. C'est écrit.

Norik examina la tablette de pierre. Le message avait été écrit peu de temps avant que Lhikan soit capturé par les Chasseurs de l'ombre. Il lut :

« Je suis convaincu plus que jamais que quelque chose ne tourne pas rond avec Turaga Dume. Si j'ai raison, que puis-je faire? Je suis un seul Toa contre un Turaga et une armée de Vahki… sans compter Nidhiki que je suis certain d'avoir aperçu dans la cité l'autre jour. Il me faut de l'aide!

« Mais qui? Qui est digne de devenir un Toa Metru? Le bon sens voudrait que ce soient les six Matoran qui ont découvert l'emplacement de chacun des Grands disques. C'est sûrement un signe de Mata Nui! Pourtant, à mon réveil ce matin, j'ai réalisé que c'était peut-être trop évident pour être un présage, qu'il s'agissait d'une diversion pour détourner mon attention de ceux qui sont véritablement destinés à devenir des Toa. Vakama... Onewa... Whenua... Nuju... Nokama... Matau... ceux-là sont ceux que mon cœur choisit pour être des Toa Metru. Ceux-là sont ceux à qui je peux me fier pour sauver la cité. »

Norik déposa la tablette et regarda Vakama.

— Cela ne prouve rien, sinon qu'il a changé d'idée.

— Cela prouve qu'il savait, répliqua le Toa Hordika. Il connaissait les bons Matoran et quelque chose... ou quelqu'un... l'a fait changer d'idée et l'a poussé à nous choisir. Je vais en avoir le cœur net...

Norik se précipita hors de la pièce avant que Vakama puisse finir sa phrase. Le Toa le suivit. Dehors, le Rahaga montra les toiles qui pendaient au-dessus d'eux. Des centaines d'araignées Visorak se déplaçaient sur les câbles fins, toutes dans la même direction.

— Elles sont en route, dit Norik. Elles se dirigent vers Le-Metru. Tu sais ce que ça veut dire?

Vakama approuva de la tête.

— Ça veut dire que Matau aurait dû demeurer conducteur de chariot Ussal.

— J'aurais besoin d'un coup de main par ici!

Nuju ouvrit les yeux. Au travers du nuage d'électricité qui l'entourait, il pouvait apercevoir Kualus accroché d'une seule main au rebord d'un toboggan et

repoussant frénétiquement les Visorak de son bâton. Elles étaient nombreuses et, de toute évidence, le Rahaga commençait à s'épuiser. Ce n'était plus qu'une question de temps avant qu'il ne tombe... ou pire encore.

Le Toa Hordika étendit le bras, mais reçut aussitôt une décharge électrique provoquée par le champ d'énergie qui l'entourait. Il ne pourrait pas venir en aide à Kualus tant et aussi longtemps que le champ serait en place. Quand les Suukorak en auraient fini avec le Rahaga, elles viendraient s'occuper de lui.

Non! J'ai la puissance d'une bête, maintenant, se rappela-t-il. *J'ai l'esprit d'un Toa pour canaliser cette puissance. Je peux... je vais franchir cette barrière!*

Nuju se jeta tête première dans le champ électrique. Il eut l'impression qu'un millier d'aiguilles chauffées à blanc se plantaient dans son corps. Il hurla sous les secousses répétées causées par la tension. Son côté Hordika paniqua et voulut reculer, mais son intelligence garda le contrôle. Dans la souffrance et la douleur, il se força à traverser le champ, un centimètre à la fois. Quand il émergea enfin de l'autre côté, il était vidé, exténué. Mais les Visorak ne lui permirent pas de se reposer.

Les araignées l'avaient aperçu. Une demi-douzaine

de disques électrifiés volèrent dans sa direction, mais Nuju réussit à les esquiver tous. Il leur répondit par une rafale de ses propres disques chargés de son pouvoir élémentaire de la glace. Quand ils percutaient les Visorak, celles-ci gelaient sur place.

C'était un combat perdu d'avance et il le savait. Pour chaque Visorak qu'il arrêtait ou que Kualus repoussait, une centaine d'autres arrivait. Il leur aurait fallu un miracle pour survivre à cela, et pendant ce temps, Kualus ne trouvait rien de mieux à faire que d'émettre des sifflements et des cliquètements, encore et toujours.

— Que fais-tu? lança Nuju d'un ton cinglant tout en parant l'attaque d'une Visorak à l'aide de ses outils. Ce n'est pas le moment de faire le fier en montrant que tu sais parler aux Rahi!

— Pourrait-on rêver d'un meilleur moment? demanda Kualus, un sourire aux lèvres.

Sur une figure qui ressemblait tant à celle d'un monstrueux Rahkshi, ce sourire donnait une expression des plus bizarres.

— J'invite simplement quelques amis, ajouta-t-il.

C'est alors que de petits cris retentirent dans les corridors de la Tour du savoir. Même s'il avait deviné l'origine de ces cris, Nuju n'en crut pas ses yeux. En jetant un coup d'œil au bout du corridor, il vit des centaines, des milliers de chauves-souris de glace. Elles entraient dans la pièce par chaque ouverture, se précipitaient vers les Visorak, les frappaient et s'envolaient aussitôt. Il y en avait tant dans la pièce que, bientôt, Nuju fut incapable de voir ses ennemies. Il se retourna et faillit rentrer dans Kualus qui se tenait maintenant à ses côtés.

— Elles vont occuper les Visorak et s'enfuir, dit le Rahaga. Chose que nous devrions faire, nous aussi.

— Nous avons besoin des toboggans, dit Nuju, encore étourdi par le chaos régnant autour de lui.

Il avait déjà vu de petits groupes de chauves-souris de glace, mais jamais autant à la fois. C'était tellement insensé de les voir combattre les Visorak qu'il se demanda un instant s'il n'était pas mort et si ceci n'était pas, après tout, une simple création de son esprit.

Non, décida-t-il. *Je ne peux pas croire que le destin soit assez cruel pour me condamner à passer l'éternité avec Kualus à mes côtés.*

— Nous prendrons les toboggans ailleurs, dit Kualus. J'adorerais rester pour voir mes petites chéries embêter les Visorak, mais je dois t'informer que nous avons un rendez-vous sur le toit de cette tour.

Le Rahaga s'enfuit, obligeant Nuju à le suivre. Le Toa aurait aimé savoir pourquoi ils montaient l'escalier plutôt que de le descendre. Si jamais les Visorak les rejoignaient sur le toit, cela signifiait soit être capturé, soit être précipité dans une chute interminable et fatale vers les rues tout en bas.

Kualus surgit de la porte donnant sur le toit et se mit aussitôt à jacasser dans son langage étrange. L'instant d'après, Nuju aperçut deux gros oiseaux Gukko qui s'élevaient vers la Tour du savoir.

— Non, non, dit le Toa Hordika en secouant la tête. Je ne peux pas le croire.

Les deux oiseaux se posèrent sur le toit. Kualus grimpa immédiatement sur l'un d'eux. Réalisant que les Visorak étaient peut-être sur le point de surgir sur le toit, Nuju décida de s'enfuir maintenant et de discuter plus tard. Il s'accrocha au cou du Gukko et réussit à y grimper juste avant que le grand oiseau s'envole.

— On ne peut prétendre avoir vraiment vécu tant qu'on n'a pas volé à dos de Gukko, dit Kualus, tout heureux.

Nuju jeta un coup d'œil à Ko-Metru, tout en bas.

— On peut prétendre en mourir, en tout cas.

Le Rahaga s'esclaffa.

— Tu vois, Nuju, il y a une grande différence entre

parler aux Rahi et s'adresser à eux. Les Onu-Matoran auraient pu s'éviter bien des ennuis dans les Archives s'ils avaient compris ça.

— Je me charge d'en parler à Whenua si jamais je le revois un jour, dit Nuju.

— À présent, la vraie question est de savoir dans quelle direction nous devrions aller. À part loin d'ici, bien sûr.

Le Toa Hordika regarda vers le sud-est. Des centaines de Visorak se déplaçaient sur les toiles; toutes se dirigeaient vers Le-Metru.

— Par là, déclara-t-il en indiquant le metru de Matau. Et espérons que nous arriverons à temps.

Whenua plongea pour éviter le disque de la Kahgarak, qui le frôla et alla heurter une vitrine. L'instant d'après, la vitrine et son contenu étaient avalés par l'obscurité.

La seconde araignée géante approcha par-derrière, coinçant le Toa Hordika et le Rahaga entre elle et sa consœur. Le regard de Bomonga passa de l'une à l'autre, le Rahaga évaluant ses chances de lancer deux disques avant d'être attaqué.

L'une des Kahgarak lança un autre disque. Whenua éloigna Bomonga de la trajectoire du disque qui volait

BIONICLE®

vers lui. Le disque rata le Toa de peu et finit par heurter la seconde Kahgarak. Elle aussi disparut dans l'obscurité.

— Voilà notre issue, dit Whenua. Utilisons-la.

Bomonga secoua la tête.

— Utilisons plutôt celle-ci. Lance un disque Rhotuka et attrape-le avec tes outils.

Whenua trouva l'idée étrange, mais il fit ce que le Rahaga lui demandait. Au moment où le disque sortit de son lanceur, il capta l'énergie entre ses deux outils Hordika. Aussitôt, il sentit une sorte de décharge électrique lui traverser le corps.

— Que... Que se passe-t-il?

— Tu viens de charger le disque, dit le Rahaga. Ça le rend plus puissant. Lâche-le à présent.

Whenua lutta pour libérer ses outils du disque. L'énergie dégagée tomba vers le bas et heurta le sol. Libérant son pouvoir de la terre, le disque creusa une crevasse immense dans laquelle le Toa, le Rahaga et la Kahgarak furent précipités.

— Il fallait que tu vises! cria Bomonga.

Whenua saisit la main du Rahaga et dit :

— Accroche-toi! Il y a du protodermis liquide là-dessous et je crois que si...

Le Toa Hordika ne put terminer sa phrase, du

moins, pas dans le monde qui avait été le sien jusqu'à ce moment-là. Dans sa chute, la Kahgarak avait réussi à projeter un disque qui avait atteint Whenua. L'effet d'obscurité avait touché à la fois le Toa et le Rahaga, et les avait plongés tous deux dans les ténèbres.

— ... on réussit à... Euh... Où sommes-nous? termina Whenua.

Il regarda autour de lui. Ils ne tombaient plus. En fait, ils se sentaient comme sur la terre ferme, sauf qu'autour d'eux, tout était noir. Seul Bomonga dégageait une faible lueur, juste assez pour être visible.

— Au cœur des ténèbres, dit le Rahaga, et peut-être pour toujours.

— Oh non, gémit Whenua avec la voix paniquée d'un animal traqué. Je ne veux pas être enfermé. Je ne peux pas. J'ai besoin d'être libre pour courir, grimper, il me faut...

— Aider tes amis, coupa Bomonga. Sauver les Matoran.

— Oui, bien sûr, ça aussi, dit Whenua. Nous devons trouver un moyen de sortir d'ici!

Quelque chose frôla le Toa Hordika. Il sursauta. Il ne vit rien, mais il sentit la présence d'une autre créature et perçut ses mouvements par les vibrations qu'elle transmettait au sol. C'était une bête assez grosse, dotée de plusieurs pattes, et elle s'éloignait d'eux.

— L'autre Kahgarak! murmura-t-il. Elle est ici!

Bomonga la sentit à son tour.

— Suis-moi, ordonna-t-il. Ne me quitte pas d'une semelle, sans quoi tu risques de ne jamais sortir d'ici.

Le Toa et le Rahaga avancèrent avec précaution dans la plus totale obscurité, suivant les bruits de la Kahgarak devant eux. Cela rappela à Whenua la fois où il avait dû essayer de travailler avec un bandeau sur les yeux, un exercice que Turaga Lhikan jugeait excellent pour apprendre à maîtriser ses pouvoirs Toa. Il n'avait pas très bien réussi à l'époque, mais à présent, l'enjeu se situait bien au-delà d'une meilleure connaissance de soi.

— Où allons-nous?

— Là où elle va.

— Et si elle ne va nulle part?

— Dans ce cas, nous allons vivre une nouvelle expérience, dit Bomonga.

— Ah, super! marmonna Whenua. Par Mata Nui, j'en ai ma dose des *expériences*!

— Tu rampes mal, dit Pouks, hors d'haleine.

Il avait suivi le serpent des rochers jusqu'à la mi-hauteur du mur du canyon. La bête ne s'était jamais retournée pour le regarder, mais le Rahaga savait bien qu'elle avait détecté sa présence. Elle semblait plutôt juger qu'il ne valait tout simplement pas la peine qu'elle se retourne.

Toutefois, quand il eut parlé, le serpent tordit son corps et siffla dans sa direction. Pouks haussa les épaules.

— Là d'où je viens, les serpents savent ramper. Cela rendait d'ailleurs Norik fou quand il essayait de les attraper. Tu pourrais apprendre beaucoup d'eux.

Le serpent des rochers se jeta en avant et enserra le Rahaga entre ses anneaux. Pouks ne chercha pas à lui résister ni à s'échapper. Il adopta un air presque blasé.

— Je pourrais aussi te donner des leçons. Bien sûr, ça ne risque pas d'arriver si tu m'étouffes à mort. Alors, vas-y, continue, si c'est ça que tu veux. Peut-être que Roodaka te tapotera gentiment la tête si tu te comportes bien.

Une expression de colère apparut tout à coup sur la face du serpent des rochers. La transformation se poursuivit tout le long de son corps, jusqu'à ce qu'il n'y ait plus de serpent et que se tienne, à la place, une réplique parfaite de Roodaka. Pouks regarda de haut en bas l'image de la vice-reine des Visorak et dit :

— Je reconnais que ton pouvoir est admirable, même si je ne partage pas tes goûts dans le choix de tes sujets.

Krahka observa Pouks à travers les yeux de Roodaka.

— Pourquoi me suis-tu?

— Tu es un Rahi, répondit le Rahaga. Je chasse les Rahi.

— Et maintenant, tu es chassé à ton tour.

— Nous le sommes tous, déclara Pouks. Tout ce qui entrave la route de Roodaka finit dans un cocon, toi et moi aussi. À moins que... tu n'aies conclu un marché avec elle? Est-ce pour cela que tu rôdais autour de cette caverne?

— Je suis la dernière de ma race, répliqua Krahka. J'essaie simplement de survivre.

Pouks pouffa.

— Tu es la dernière de ta race *par ici*, Rahi, mais *ici*, ce n'est qu'une petite partie de l'Univers.

Krahka saisit Pouks par le collet et le souleva dans les airs.

— Parle! Dis-moi où je peux trouver les autres de ma race, ou je te fais subir des souffrances que même Roodaka ne serait pas capable de t'infliger!

— Pas besoin, dit Pouks. Pas besoin. J'ai connu l'endroit où les autres de ta race ont déjà vécu. C'était un lieu de paix et de verdure avant l'arrivée des Visorak. Oh, tes frères ont résisté longtemps, mais ils ont fini par tomber, eux aussi. Les derniers que j'ai vus étaient prisonniers des cocons, exactement comme le sont les Rahi de Metru Nui.

Krahka le lâcha. Pouks tomba durement contre une pierre et resta étendu, immobile.

— Roodaka m'a promis la liberté en retour de mes services, dit la bête Rahi. Je ne me sens pas prête à l'affronter une nouvelle fois. Je dois suivre ses ordres jusqu'à ce que je sois prête, mais…

— C'est ça. Obéis-lui, Krahka.

La créature fit volte-face et aperçut Onewa, debout sur une plate-forme rocheuse. Le Toa Hordika souriait. Sur son visage aux traits animaliers, l'expression devenait une grimace horrible.

— Deviens son jouet. Son outil. Deviens un autre petit soldat de l'armée de Roodaka, qui obéit toujours à ses ordres, peu importe lesquels. La dernière fois qu'on s'est rencontrés, j'ai cru que tu étais une créature fière et intelligente. Je réalise à présent que tu n'es qu'une autre de ces minables bestioles.

Krahka se souvint subitement de sa première

rencontre avec Onewa et ses compagnons Toa. Ils avaient envahi son territoire sous les Archives, du moins, c'est ce qu'elle avait cru. Elle avait échoué dans ses efforts pour s'opposer à eux, mais s'était promis de les retrouver et de les défier un de ces jours. À présent que les Toa avaient été vaincus par quelqu'un d'autre, elle réalisait qu'elle n'en retirait aucune joie. Elle se disait plutôt qu'un être assez puissant pour transformer un Toa Metru pouvait lui nuire infiniment plus, à elle comme à tous les autres Rahi de la cité.

Elle se transforma en une créature trapue, couverte de boue séchée et dotée de vilaines lames en guise de mains, le genre de bestiole qui rendait un Hordika agréable à regarder en comparaison.

— Je n'aime pas les Toa, siffla-t-elle, et encore moins ces Matoran pathétiques que vous vous acharnez à protéger. Cette cité devrait m'appartenir, ainsi qu'à tous mes frères Rahi! Seulement... je ne peux pas régner sur des ruines, et c'est tout ce que Roodaka et les siens vont laisser derrière eux.

Krahka s'étira sur deux fois sa hauteur et sa nouvelle apparence fut vraiment horrible à voir. Onewa ne broncha pas.

— Alors, tu as un plan? demanda Krahka.

Le Toa Hordika leva les yeux vers le ciel. Des

Visorak de toutes les espèces progressaient sur les toiles et toutes en direction de Le-Metru.

— Non, mais je crois qu'*elles* en ont un.

Krahka regarda les araignées marcher vers une autre victoire. D'après ce qu'elle avait entendu, à l'époque où elle s'était fait passer pour l'une d'elles, elle devinait leur destination. Les Toa avaient peu de temps devant eux.

— Viens, dit-elle. Toi et moi, on a beaucoup de choses à se dire et... un ami à aller chercher en chemin.

Onewa ranima Pouks et, tous ensemble, le Toa, le Rahaga et la bête Rahi commencèrent à cheminer parmi les cols rocailleux de Po-Metru. Pendant qu'ils fixaient leur attention sur la petite armée d'araignées postée devant eux, ils ne remarquèrent pas la Visorak Roporak, apparue comme par magie à l'endroit où ils se tenaient l'instant d'avant. L'araignée perdit le ton sablonneux de la pierre des alentours pour retrouver sa teinte brune naturelle. Elle se dit qu'en certaines occasions, avoir la faculté de se fondre parfaitement dans le paysage et de rester immobile pendant des heures pouvait être fort utile.

La créature grimpa aisément dans la toile la plus proche, mais n'emprunta pas la même direction que les autres Visorak. Elle se dirigea plutôt vers le sud-est, c'est-à-dire droit vers le Colisée, où elle aurait une histoire des plus intéressantes à raconter à Roodaka.

Matau atteignit le haut de l'escalier au moment même où la première Visorak pénétrait dans le hangar. Il n'eut pas le temps d'élaborer un plan. Le Toa Hordika décida plutôt de lancer une rafale de disques chargés de son pouvoir de l'air afin de créer un ouragan assez puissant pour repousser les araignées au loin. Dès qu'il en eut la chance, il referma violemment la porte et la verrouilla à l'aide d'un morceau de conduit qu'il glissa sous les poignées. Les Visorak commencèrent aussitôt à marteler l'autre côté de la trappe, éventrant le revêtement de métal de leurs pattes.

Ailleurs dans le hangar, on fracassait une autre fenêtre. Matau baissa les yeux, mais ne vit pas Iruini.

Ça va vraiment mal-de travers, pensa-t-il. *Il y a trop d'ouvertures-entrées à garder fermées. Nous n'arriverons jamais à empêcher les Visorak d'entrer.*

— Matau! À l'aide!

Ce n'était pas la voix du Rahaga. C'était celle de Nokama!

— Matau! Laisse-moi entrer! Je t'en prie!

Le Toa Hordika dégringola les marches. La voix suppliante venait de l'autre côté des portes principales. Nokama et Gaaki devaient être prises à l'extérieur du bâtiment, parmi les Visorak.

— Tiens bon, Nokama! Je vais t'ouvrir! cria-t-il en s'affairant déjà à défaire la barricade qu'Iruini avait érigée.

— Dépêche-toi! Elles sont partout! Je…

Un cri interrompit les paroles de la Toa.

Matau s'apprêtait à déplacer le dernier tas de débris quand Iruini lui rentra dedans de plein fouet et le fit tomber de tout son long. Malgré sa petite taille, le Rahaga était doté d'une force surprenante. Il s'empressa de clouer le Toa Hordika au sol.

— N'ouvre pas cette porte! cria Iruini.

— Mais, Nokama…

— Matau! Je t'en supplie! Elles vont nous tuer! geignit Nokama de dehors.

— Ce n'est pas Nokama! insista Iruini. C'est un piège. Si tu ouvres cette porte, nous sommes morts!

— Matau! Qu'est-ce que tu attends?

Les paroles de Nokama allèrent droit au cœur de Matau. Elle était son amie, et il lui arrivait même de souhaiter qu'elle soit plus que cela pour lui. Quelles

que soient les conséquences, il ne pouvait pas la laisser mourir. Il connaissait sa voix. C'était bien elle.

Pourquoi devrais-je croire ce fou à tête de Rahkshi plutôt que faire confiance à mon intuition? se demanda-t-il.

Matau repoussa Iruini et courut vers la porte. Le Rahaga bondit sur ses pieds et se précipita à sa suite.

— Demande-lui quelque chose! le pressa Iruini. Demande-lui quelque chose qu'elle seule peut savoir!

Nokama cria une nouvelle fois. Matau écarta Iruini de son chemin.

— Ce n'est vraiment pas le moment de jouer aux devinettes! Elle va mourir!

Matau dégagea le reste de la barricade. Ignorant les protestations d'Iruini, il déverrouilla la serrure et ouvrit tout grand la porte.

Une douzaine de Visorak noires se tenaient de l'autre côté. Il n'y avait aucune trace de Nokama ni de Gaaki. La chef de la troupe de Visorak, Oohnorak, grinça des dents et la voix de la Toa de l'eau se fit entendre.

— Merci, Matau, dit la Visorak avec la voix de Nokama. Nous savions que nous pouvions compter sur toi.

* * *

Au même moment, la vraie Nokama et la vraie Gaaki rentraient à Le-Metru. Elles avaient réussi à cacher les Masques de puissance qu'on chargerait plus tard à bord des vaisseaux. Pour l'instant, elles nageaient dans les canaux, remontant de temps à autre à la surface pour surveiller les alentours.

Nokama fut la première à remarquer la tour. De loin, cela ressemblait à une mauvaise imitation d'une des tours du Colisée, mais en y regardant de plus près, elle comprit que la réalité était bien pire encore. La tour était composée de débris et de toiles de Visorak. Des cocons contenant différentes sortes de Rahi étaient accrochés sur chacun des côtés. Au moins une centaine de Visorak de toutes les espèces grouillaient sur la structure, travaillant à la renforcer. Un personnage à l'allure imposante et au visage cramoisi était debout au sommet de la tour, affairé de toute évidence à diriger la horde. Ce n'était pas une Visorak, car il se tenait sur deux jambes et dépassait de beaucoup les araignées; il était enveloppé d'une aura d'autorité.

— Qui est-ce? Qu'est-ce que c'est? murmura Nokama.

— Lui, c'est Sidorak, le roi des hordes de Visorak. Il les commande sur le champ de bataille, répondit

Gaaki. C'est un bon stratège, plutôt brutal; il répond toujours par une force écrasante. Cela l'a toujours bien servi... du moins jusqu'à présent.

— Et cette tour? Je ne connais pas bien Le-Metru, mais je sais qu'elle n'était pas là avant.

— Les Visorak les construisent et les utilisent comme bases, répondit la Rahaga. Elles y planifient les attaques. À mon avis, elles savent que Matau et Iruini sont ici. Elles planifient une attaque dévastatrice pour les capturer tous les deux.

— C'est une catastrophe, dit Nokama.

— Non, répliqua Gaaki. C'est une occasion. Tu dois apprendre à faire la différence, Nokama.

Du haut du ciel, Nuju et Kualus remarquèrent, eux aussi, la tour. Nuju ordonna aussitôt à son oiseau Gukko d'aller se percher sur un toit tout près. Kualus le regarda faire en hochant la tête.

— Ce n'est pas une très bonne idée, dit le Rahaga.

— C'est toujours une bonne idée d'observer la position de l'ennemi et d'en apprendre sur lui, répliqua Nuju avant que sa monture ailée amorce le plongeon.

— Ce n'est pas ce que je voulais dire, cria Kualus à son attention.

Le Gukko réalisa un atterrissage parfait sur le toit

d'une manufacture de véhicules abandonnée. Aussitôt que Nuju eut mis pied à terre, l'oiseau s'envola. Le Toa Hordika examina les alentours à la recherche du meilleur point de vue pour observer la tour. Il n'eut pas le temps de le trouver, car six Vahki Vohtarak apparurent subitement et l'encerclèrent.

— C'est de ça que je parlais, cria Kualus d'en haut. L'invisibilité. Je déteste ça.

— Es-tu certain que c'est une bonne idée? demanda Onewa pour la quatrième fois.

Krahka l'avait guidé jusqu'au bord d'un immense cratère situé au centre de Ta-Metru. Onewa n'avait jamais vu l'endroit auparavant, mais il en avait entendu parler par Nokama et Matau. Ces deux-là lui avaient raconté ce qui s'était passé ici. Alors qu'ils étaient à la recherche de Toa Lhikan, avec Vakama, ils avaient rencontré un monstre terrible appelé Tahtorak. À l'aide de disques d'affaiblissement, ils avaient réussi à faire s'effondrer la chaussée sous la bête. Toutefois, celle-ci avait eu le temps de détruire une grande partie du metru.

— Tu en as une meilleure? demanda Krahka, en se transformant en un insecte ailé de plus d'un mètre de long. Nous avons besoin d'alliés contre Roodaka.

Le défi des Hordika

— Et on ne peut pas se permettre d'être trop difficiles dans le choix de nos alliés, ajouta Pouks.

Onewa baissa les yeux vers la tablette qu'il tenait à la main. Depuis sa rencontre avec Krahka dans Po-Metru, il se demandait comment celle-ci avait bien pu découvrir « par hasard » le repaire de Makuta. D'ailleurs, la tablette avait été étrangement facile à découvrir, elle aussi.

— Parlant de preuve, commença-t-il, c'est toi qui as caché ceci, n'est-ce pas?

Krahka haussa les épaules.

— Oui. Pour une raison que j'ignore, Roodaka voulait que vous appreniez la vérité à propos de vous-mêmes. Elle m'a chargée de vous la faire parvenir.

— La vérité? Ce qu'on raconte là-dessus... c'est sûrement un mensonge, insista Onewa. Sinon...

De l'endroit où elle se trouvait, dans les airs, Krahka regarda vers le bas.

— La seule supercherie, c'était la manière dont vous la trouveriez. Les mots sont exacts et leur signification est exacte. C'est pourquoi Roodaka considérait cela comme son arme ultime contre vous.

— Ma foi, elle avait bien deviné, marmonna Onewa au moment où Krahka plongea dans le cratère et disparut. Quand les autres vont apprendre ça... même si nous gagnons le combat, ce sera comme si nous l'avions perdu.

Whenua et Bomonga avaient l'impression de suivre la Kahgarak depuis des années. À un moment donné, un bruit avait distrait le Toa Hordika et il avait failli perdre leur proie de vue. Si Bomonga ne l'avait pas agrippé par la main et poussé devant lui, Whenua aurait pu s'égarer à jamais dans les ténèbres.

— C'est encore loin? demanda-t-il.

— Aucun moyen de le savoir, répondit le Rahaga. Elle est peut-être perdue et essaie de trouver une issue.

— Tout comme nous. Et si elle ne parvient pas à trouver une issue...

— Alors nous n'y parviendrons pas non plus, dit Bomonga. Jamais.

Roodaka s'assit sur le trône de Makuta, impatiente. Il y avait déjà un bon bout de temps que Sidorak était parti superviser les opérations de Le-Metru. Il aurait dû déjà être de retour avec au moins Matau et Iruini, si ce n'était avec ce misérable groupe de Hordika et de Rahaga au grand complet.

À moins qu'il n'ait tout fait rater, songea-t-elle. *Si*

c'était le cas, Makuta serait mécontent. Quand le maître des ténèbres sera en liberté, Sidorak va être évincé et je pourrai régner aux côtés de Makuta.

Elle sourit. Depuis que Sidorak et elle avaient transformé six Toa en malheureux Rahaga ratatinés, ils se disputaient tous deux la faveur de Makuta. Jusqu'ici, ni les victoires de Sidorak au champ de bataille ni les plans élaborés par Roodaka n'avaient suffi à assurer à l'un d'eux le poste qu'ils convoitaient : commander tous les lieutenants de Makuta. Roodaka savait que la bataille de Metru Nui pouvait bien être sa dernière chance de prendre de l'avance sur Sidorak et de s'assurer le droit de régner aux côtés de Makuta. Elle était déterminée à réussir, même si elle devait pour cela écraser le roi des Visorak en cours de route.

Ses rêves de destruction furent interrompus par l'arrivée d'une Visorak Roparak solitaire. Elle reconnut celle à qui elle avait confié la charge de surveiller Krahka. Ce que la Visorak avait à lui annoncer ne lui causa aucune surprise.

— Elle m'a trahie, évidemment, dit Roodaka. C'est exactement ce que j'aurais fait. Elle n'est pas aussi différente de moi qu'elle aimerait le croire.

La Roparak poursuivit son rapport, expliquant qu'Onewa et Krahka avaient fait route ensemble, planifiant apparemment de suivre la horde jusqu'à Le-Metru. Sidorak avait convoqué les Visorak de toute la cité à venir combattre un Toa et un Rahaga cachés dans un hangar de vaisseaux des Matoran. À cette heure, elles étaient déjà en train de se rassembler à la tour dans le quartier de Matau, en attendant de recevoir l'ordre de charger.

— Comme d'habitude, Sidorak ferait s'écrouler un immeuble pour écraser une luciole, dit Roodaka. Cette fois, par contre, il a peut-être élaboré un plan sans le savoir. Les déplacements de la horde vont attirer l'attention des autres Toa Hordika. Comme des mouches qui se précipitent dans une toile, ils vont accourir à Le-Metru pour secourir leurs amis. Et tu sais ce qui arrive quand quelque chose se prend dans notre toile, n'est-ce pas?

La Roparak approuva.

— Alors va à Le-Metru. Trouve Sidorak, ordonna Roodaka. Dis-lui d'appeler une Kahgarak et de lui faire ouvrir le portail. Une fois de plus, le temps est venu de relâcher le chasseur des ténèbres : le Zivon.

La Visorak fit demi-tour et fila. Tout en se précipitant d'une toile à l'autre vers Le-Metru, elle ne put s'empêcher de frissonner. Par le passé, les hordes avaient accompli plusieurs choses que d'autres espèces auraient jugées monstrueuses ou diaboliques, mais elles l'avaient fait dans la joie. À présent qu'il était question de relâcher le Zivon sans raison, cela dépassait l'horreur. C'était de la folie pure.

Ce sera sûrement la fin des Toa Hordika, songea la Roparak. *Espérons que ce ne sera pas la fin des Visorak du même coup.*

Quatre Vahki Zadakh se déplaçaient avec beaucoup de précautions dans les rues de Ta-Metru. Ils étaient loin des canyons de Po-Metru où ils avaient l'habitude de patrouiller, mais avec les changements qui étaient survenus dans Metru Nui, chaque agent Vahki devait faire sa part pour aider à préserver l'ordre.

Ils étaient en route pour le Colisée. Même si elle avait perdu sa magnificence d'antan, la plus haute construction de Metru Nui s'élevait toujours dans le ciel devant eux. À présent, la façade était lézardée et toute la structure était couverte de toiles. Des Visorak s'y étaient adonnées à une activité intense. La mission des Vahki consistait à éliminer ces créatures qui engendraient le désordre, un premier pas dans le dessein de pacifier la cité tout entière.

Le chef de la patrouille donna l'ordre aux autres de se disperser. Il ne doutait pas un instant que ces Rahi tomberaient facilement sous l'attaque puissante des Vahki, mais une programmation stratégique soulignait le côté pratique d'une approche à angles multiples. Quand les quatre agents furent à leurs postes respectifs, ils se remirent en marche.

Le Vahki placé à l'extrémité du flanc gauche fut le premier à rencontrer l'ennemie. Une Visorak Boggarak rampait le long d'une toile menant du Colisée à l'une des forges désertes de Ta-Metru. Le Vahki leva son bâton et relâcha une décharge qui fit tomber la Visorak de la toile. La Boggarak se remit sur ses pattes et dévisagea le Vahki. Un bourdonnement grave remplit l'air.

Le Vahki fit un autre pas et trébucha. Il baissa les yeux et constata que sa jambe droite ne fonctionnait plus correctement. Sans raison apparente, ce qui avait été un membre solide l'instant d'avant n'était plus qu'un gaz à dispersion rapide. Pire encore, l'effet se propageait dans tout le corps du Vahki. En l'espace de quelques secondes, il n'était plus qu'une traînée de gaz argenté flottant dans l'air, sa conscience se dispersant tout autour en millions de molécules.

Le Vahki à droite se mit en mode à quatre pattes, escalada un petit bâtiment et entreprit de grimper dans une toile de Visorak. Un balayage rapide des environs confirma qu'il n'y avait aucune Visorak en vue sur cette partie de la toile. En se déplaçant sur les fils, le Vahki arriverait directement à ce qui semblait être une entrée du Colisée laissée sans surveillance. Il utilisa ses outils en guise de pattes avant et il commença à ramper.

Il n'avait parcouru qu'une courte distance quand il réalisa qu'il lui était de plus en plus difficile de progresser sur la toile. Son corps utilisait un maximum d'énergie, son poids avait considérablement augmenté et, plus étrange encore, ses capteurs audio avaient noté l'apparition d'un bruit sourd et grave. Le Vahki procéda à une inspection visuelle de son corps et découvrit que son revêtement externe n'était plus fait de protodermis métallique brillant, mais plutôt de roc solide.

L'agent de Po-Metru réfléchit à ce qui avait bien pu transformer un Vahki en pierre quand la toile céda sous son poids. Le Zadakh tomba dans le trou, et se fracassa sur le sol en centaines de fragments rocheux. Une Boggarak qui passait par là donna un coup de patte dans les débris de ce qui avait été un Vahki l'instant d'avant, puis poursuivit sa route.

Le chef de la patrouille Vahki s'immobilisa. Plusieurs Visorak traversaient l'espace qui le séparait de l'entrée du Colisée la plus proche. Le Zadakh se retourna pour dire à son commandant en second d'attendre que les

créatures soient passées avant de continuer, mais celui-
ci n'était pas là.

Intrigué, le Vahki effectua un balayage visuel des
quatre points cardinaux. Aucun signe des trois autres
agents de la patrouille. Le Zadakh fit un pas, puis
s'arrêta en entendant un bruissement étrange au-
dessus de lui. Un coup d'œil en l'air lui révéla l'origine
du bruit : deux Visorak transportaient vers le Colisée
un Vahki prisonnier d'un cocon.

Le chef de la patrouille fit un calcul rapide.

*Quatre Vahki prenaient part à cette mission, se dit-il.
Il en reste un. Cela doit être signalé. Bien que le succès
de cette mission soit de la plus haute importance, l'ordre
ne peut être maintenu que si l'on tient un décompte
strict des lieux où se trouvent tous les Vahki. Nouvelle
priorité : retour immédiat au quartier général.*

Évidemment, il ne courut pas. Les Vahki ne courent
jamais, à moins d'être à la poursuite d'un contrevenant.
Toutefois, comme il venait d'être confronté à la
disparition de trois des siens en l'espace de quelques
secondes, le Zadakh était parfaitement enclin à
marcher très, très vite.

Il jeta un coup d'œil derrière lui. Aucune Visorak ne
le suivait. Cela ferait bonne impression dans le rapport.
De toute évidence, la patrouille avait découragé les

Visorak de s'aventurer en dehors de Ta-Metru. Cet exploit pourrait peut-être même se traduire par une promotion, de chef de patrouille à chef de brigade.

La pâle lumière du soleil s'obscurcit tout à coup. Une secousse parcourut le sol. Croyant qu'il s'agissait d'un autre tremblement de terre, le Vahki chercha un abri. Il se précipita vers une grande structure verte et brune qui se trouvait non loin.

Une deuxième secousse se fit sentir, puis une troisième. Le bâtiment trembla si fort qu'on eut dit qu'il bougeait. Ce ne fut qu'une fois que le Vahki se trouva bien à l'abri sous la structure qu'il se rappela qu'il n'y avait pas de bâtiment vert et brun à Ta-Metru.

Le Vahki leva les yeux, juste à temps pour voir l'énorme pied griffu du Tahtorak s'abattre sur lui. Puis il ne vit plus rien, plus jamais.

Une douzaine de mètres plus haut, juché sur le large dos du Tahtorak, Onewa se crispa en entendant le bruit du Vahki qui se faisait écraser. Il n'était pas un admirateur des agents des forces de l'ordre, mais plus il regardait le Tahtorak et plus il trouvait que le ramener à la surface avait été une erreur. Même si Krahka dirigeait sa trajectoire, il avait déjà réduit en miettes une demi-douzaine de bâtiments et en avait endommagé une quantité innombrable. Que se passerait-il s'il décidait de tout saccager?

Une chose était sûre : Onewa n'avait jamais vu une bête pareille. Il aurait juré que rien ne pouvait avoir une telle taille jusqu'à ce qu'il voie le Tahtorak sortir du trou. Le Rahi avait regardé Onewa comme si le Toa Hordika avait été un petit goûter. La figure de reptile du Tahtorak était entourée d'ailettes argentées et ses redoutables mâchoires claquaient en prévision d'un repas à venir. Ses pattes avant étaient remarquablement courtes, mais le reste de son corps était aussi gigantesque que puissant. D'un seul coup de queue, il pouvait transformer un immeuble en un simple tas de briques.

— Je veux la réponse! rugit le Tahtorak. Donnez-la-moi!

— De quoi parle-t-il? demanda Pouks.

— Je l'ignore, répondit Krahka. C'est la seule chose qu'il disait quand je l'ai trouvé là-dessous. Je lui ai donc dit que les Visorak connaissaient la réponse, mais qu'elles ne voulaient pas qu'il la découvre.

Onewa secoua la tête et sourit.

— Si tu n'étais pas… ce que tu es… tu aurais fait une formidable Toa.

Krahka se transforma en une réplique parfaite

d'Onewa et répondit simplement :
— Je sais.

Nuju et Kualus s'étaient placés dos à dos alors que les Visorak approchaient d'eux. Les disques de glace du Toa Hordika avaient réussi à garder les araignées à distance jusqu'à présent, mais chaque lancer lui soutirait trop d'énergie. Il avait déjà décidé que, dans l'éventualité où les Visorak se mettraient à cracher des bouts de toile, il agripperait Kualus par la main et sauterait en l'air, en comptant sur ses disques pour former une rampe de glace sous eux. Il valait mieux prendre n'importe quel risque plutôt que de se retrouver une nouvelle fois prisonnier d'un cocon.

Le bâtiment trembla sous ses pieds. Cela se reproduisit quelques secondes plus tard.

— Ce sont les Visorak qui font ça? demanda Nuju.

— Je ne crois pas, répondit Kualus. Elles semblent aussi étonnées que nous.

Nuju regarda au-delà du cercle des araignées. Le Toa Hordika comprit tout à coup l'origine des tremblements, bien qu'il n'en crût pas ses yeux. Après tout, qui avait déjà entendu parler de *deux* Toa Onewa et d'un Rahaga chevauchant un Rahi haut de quatre étages?

— Je savais que ça finirait par m'arriver dans ma vie de Toa, dit Nuju à voix basse. Je perds la boule.

À présent, les Visorak pouvaient voir, elles aussi, les nouveaux venus. Quelques-unes d'entre elles se préparèrent à lancer leur disque vers le Rahi. En guise de réaction, le Tahtorak haussa nonchalamment les épaules, causant par le fait même l'effondrement de deux immeubles et d'un carrefour important de toboggans. Cela suffit à faire reculer les Visorak, qui délaissèrent Nuju pour se préoccuper dès lors de trouver des positions plus facilement défendables sur un autre toit.

— Si tu as perdu la boule, alors moi aussi, plaisanta Kualus. Un Tahtorak! Imagine! Je n'aurais jamais pensé en voir un vrai un jour!

Voyant que le nom n'évoquait rien chez Nuju, Kualus poursuivit.

— C'est un prédateur originaire des terres situées au sud de Metru Nui. Là-bas, dans les plaines, oh! il y en avait des tas! Une fois qu'ils avaient mangé tout ce qui leur plaisait sur une île, ils traversaient la mer et recommençaient ailleurs. J'ai cependant de la peine à comprendre comment l'un d'eux a pu s'aventurer aussi loin au nord et pourquoi il a fait le parcours tout seul.

Le Tahtorak s'approchait d'eux à présent. Nuju

réprima un haut-le-cœur en respirant son haleine fétide. Les deux Onewa sautèrent de l'animal et atterrirent sur le toit, mais Rahaga Pouks resta sur le dos du Tahtorak.

— Deux Onewa : c'est vraiment ce dont Metru Nui avait besoin, railla Nuju.

L'un des Onewa se transforma en Nuju.

— Est-ce mieux ainsi? demanda-t-il avec la voix de Nuju.

— Pour des raisons évidentes, je préfère éviter les miroirs en ce moment, répliqua le Toa Hordika. J'espérais aussi t'éviter, Krahka.

— Je veux la réponse! beugla le Tahtorak.

La puissance de son cri faillit, à elle seule, faire tomber du toit les Toa Hordika et même le Rahaga.

— Et moi donc, dit Nuju. Un tas de réponses.

— Où sont les autres?

— Nous avons aperçu Vakama, Norik, Nokama et Gaaki du haut des airs. Ils venaient par ici. Quant à Matau et Iruini… aucun signe d'eux.

— Ils devaient fouiller l'un des hangars, dit Nuju.

— Celui-là, j'imagine, dit Onewa en montrant un bâtiment au loin. Celui dans lequel les Visorak se précipitent.

— Dans ce cas, nous devons aller les chercher.

Le défi des Hordika

— Quoi? s'écria Krahka. Vous perdez du temps! Avec chaque minute qui passe, Roodaka et sa horde se rapprochent de leur but, qui est de prendre le contrôle total de cette cité. En comparaison, un Toa de plus ou de moins, qu'est-ce que ça peut bien faire?

Onewa et Nuju ne répondirent pas. Ils utilisèrent leurs disques pour créer des passerelles de glace et de pierre, et s'élancèrent vers les hangars.

Kualus leva les yeux vers Krahka et dit :

— Si tu ne peux pas comprendre, alors ils ne peuvent pas te l'expliquer.

— De la lumière! s'écria Whenua en pointant le doigt devant lui.

La Kahgarak s'arrêta un instant avant de reprendre sa marche.

— Silence, dit Bomonga. Si elle nous entend et se retourne...

Whenua comprit, mais il avait de la difficulté à retenir son enthousiasme. Un minuscule point de lumière était apparu droit devant eux dans un monde où tout était noir. La Kahgarak se dirigeait droit vers lui. Whenua avait la certitude qu'il s'agissait d'une issue.

Bomonga surveillait la créature. Si ce point de

lumière était bien une issue, celle-ci disparaîtrait aussitôt que l'araignée la traverserait. Ils devraient la traverser juste derrière elle, sinon ils risquaient de ne jamais retrouver le point de lumière. Il observait la lumière à mesure qu'elle devenait plus grosse et plus forte, tout en calculant mentalement les secondes restantes.

— Cours! lâcha-t-il abruptement en s'élançant pour rejoindre la Kahgarak.

Pris par surprise, Whenua suivit avec quelques pas de retard. La créature atteignit la lumière et passa au travers. Bomonga et Whenua plongèrent tête première, traversant la passerelle de justesse avant qu'elle ne disparaisse.

Ils tombèrent sur la chaussée. À cause de leur long séjour dans l'obscurité totale, la luminosité aveuglante de l'endroit leur fit l'effet d'un coup de poing. Il fallut un bon moment à Whenua pour habituer ses yeux à cette nouvelle lumière. Quand il parvint à voir normalement, il le regretta aussitôt.

Le Toa Hordika et le Rahaga se trouvaient sur le sol de Le-Metru. La Kahgarak était tout en haut, à côté d'un personnage à l'allure imposante et au visage cramoisi. L'endroit grouillait de Visorak, s'affairant à l'intérieur et aux abords d'une tour. Dès qu'elles eurent remarqué les nouveaux venus, elles s'avancèrent pour encercler Whenua et Bomonga.

— Voilà qui tombe bien! s'exclama le personnage là-haut, en apercevant le Toa Hordika. Vous venez à nous, alors nous n'aurons pas à vous traquer. Pour cela, recevez en cadeau les hommages de Sidorak, roi de la horde des Visorak.

— Un cadeau de pacotille, grogna Bomonga.

Sidorak s'esclaffa.

— Pas du tout. Vous deux, vous allez avoir le privilège d'assister à l'apparition du Zivon dans cette cité. Il ne fait aucun doute qu'il sera affamé après un tel voyage. Vous lui ferez un excellent repas, vous ne croyez pas?

Matau et Iruini reculèrent plus loin dans le hangar. Tous leurs efforts pour ralentir l'avance des Visorak avaient échoué. De plus, les créatures bloquaient toutes les sorties. Ils savaient que, dans le meilleur des cas, ils ne faisaient que gagner du temps sur l'inévitable sort qui les attendait.

— Tu as une dernière parole à exprimer? demanda Matau en lançant une autre pièce d'équipement en direction de la horde.

— Oui, répondit Iruini. La prochaine fois, n'ouvre

pas la porte.

Matau entendit un bruit derrière lui. Il se retourna. D'autres Visorak s'approchaient d'eux par là. À présent, ils se retrouvaient coincés entre deux petites armées d'araignées.

— Plus ça va, et plus le marais-bourbier de l'île là-bas me semble un véritable paradis, dit-il en décochant un disque d'air vers les Visorak.

Le disque n'atteignit jamais sa cible. En revanche, un deuxième disque tomba du ciel et vint frapper le sol. Aussitôt, un cercle de feu surgit autour d'eux et les coupa des Visorak. Matau leva les yeux et vit Vakama et Norik qui se tenaient en haut de l'escalier.

Puis ce fut le chaos dans le hangar. Des disques d'eau, de glace, de feu et de pierre s'abattirent sur les Visorak. Bombardées par cette averse de pouvoirs élémentaires, les créatures battirent en retraite. Matau devina pourquoi. À l'intérieur, elles étaient plus vulnérables aux attaques venant de plusieurs endroits à la fois. Mais sachant que tous les Toa Hordika étaient dans le hangar, les Visorak pouvaient revenir pour l'assiéger et, éventuellement, les capturer.

Vakama, Nokama, Nuju et Onewa se rassemblèrent vite autour de Matau, pendant que Norik et Gaaki barricadaient les portes.

Le défi des Hordika

— Ce n'est pas que je sois fâché de vous voir, dit Matau, mais comment êtes-vous entrés ici?

— J'ai fait fondre les portes donnant sur le toit, répondit Vakama d'une voix dure. Je suis... *J'étais* le Toa du feu. Du feu, c'est ce que je fais.

— Malheureusement, cette ouverture que nous ne pouvons pas fermer devient une entrée pour les Visorak, dit Iruini. Elles vont revenir.

— J'ai fait ce que je devais faire! s'écria Vakama. Je n'ai entendu aucune bonne idée venant de votre part, Rahaga.

— Il doit bien y avoir un moyen de sortir d'ici avant qu'elles reviennent, intervint Nokama. Matau, existe-t-il une issue par les Archives?

Avant que le Toa Hordika de l'air puisse répondre, un violent tremblement secoua le bâtiment. Puis ses fondations bougèrent et son toit fut arraché, ce qui projeta des Visorak dans toutes les directions. Effrayés, les Toa levèrent les yeux et aperçurent Pouks qui les regardait en souriant pendant que le Tahtorak fracassait le toit du hangar.

— Ah, super! dit Nuju. Notre taxi est arrivé.

Ligotés dans de la toile, Whenua et Bomonga regardaient, impuissants, la Kahgarak créer une nouvelle passerelle vers les ténèbres. Les Visorak fuyaient pour se mettre à l'abri. Quand il vit le Zivon apparaître, Whenua se désola de ne pas pouvoir faire comme elles.

C'était une bête gigantesque et d'une horreur telle que le Toa Hordika dut lutter pour rester sain d'esprit. Il n'avait jamais rien vu de semblable, même durant toute sa carrière d'archiviste. Dépassant tous les immeubles environnants, il ressemblait à un affreux mélange de Visorak, de crabe Ussal et d'autres bestioles encore. Sa tête était identique à celle d'une araignée, mais ses pinces jumelles qui coupaient les bâtiments en deux comme de simples brindilles étaient typiques des créatures marines. Il se déplaçait sur six pattes et sa queue semblable à celle d'un scorpion rasait tout ce que son regard captait. Même Sidorak sembla remettre en question la pertinence de ramener ce monstre dans le monde.

Les Visorak gardaient leur distance par rapport à la bête, du moins celles qui ne fuyaient pas à sa vue. L'une des araignées fit l'erreur de courir le long d'une toile située trop près du Zivon. Il saisit la malheureuse dans une pince et la jeta dans sa gueule béante.

— Pauvres imbéciles, murmura Bomonga. Pauvres imbéciles sans cervelle.

— C'est quoi, cette chose?

— Personne ne connaît son vrai nom, dit Bomonga. Il vit dans l'obscurité que nous venons de traverser. Ce n'est pas une Visorak, mais il les a aidées par le passé.

— Pourquoi?

— Il aime avoir sa nourriture à portée de la main, répondit le Rahaga. Le Zivon se nourrit de Visorak. On raconte qu'il a déjà célébré une victoire en dévorant la moitié de la horde qui venait de combattre à ses côtés.

— Dans ce cas, pourquoi le faire venir ici? demanda Whenua, révolté.

— Sidorak veut absolument la mort des Toa, répondit Bomonga, même s'il doit détruire Metru Nui et tout ce qui l'habite pour y arriver.

Tout là-haut, les yeux du Zivon rétrécirent à la vue du Toa Hordika et du Rahaga sans défense. Alors qu'il se penchait vers son prochain repas, de la salive s'échappa de ses mandibules et tomba comme une averse sur la tour des Visorak.

Vakama leva sa pince de feu et la plaça en angle de façon à refléter la pâle lumière du soleil. Sur un toit tout près, Nokama fit la même chose. Un par un, tous les Toa Hordika répétèrent le signal, confirmant qu'ils étaient en position pour donner l'assaut.

— Je ne suis pas sûr d'aimer ce plan, dit Nuju. Comment sommes-nous censés les prendre par surprise, avec le Tahtorak qui rôde autour?

— La cité grouille de Rahi. C'en est un parmi tant d'autres, répondit Kualus. Un très gros Rahi, je te l'accorde.

À peine une minute auparavant, Gaaki avait rapporté avoir vu un monstre sorti de nulle part menacer Whenua et Bomonga. Ils avaient aussitôt abandonné toute idée d'attendre la venue de la nuit ou de concocter ensemble un plan élaboré. S'ils n'agissaient pas rapidement, Whenua et Bomonga mourraient.

À présent, les Toa étaient postés à environ un coin

de rue de la tour. Onewa était au sol, près du bâtiment le plus proche de la base des Visorak. Sous la forme du faucon chasseur Nivawk, Krahka survolait les lieux et surveillait les points faibles du haut des airs. Le Tahtorak, impatient, arrachait des toboggans et les lançait dans la mer.

Krahka-Nivawk poussa un cri. C'était le signal. Onewa projeta ses disques vers le sol, créant d'énormes crevasses qui éventrèrent la chaussée. Quand les crevasses atteignirent les bâtiments déjà affaiblis qui entouraient la tour, elles étaient devenues des gouffres. Un à un, les bâtiments s'écroulèrent sur les Visorak rassemblées à cet endroit.

Ce signal était celui qu'attendaient les autres Toa Hordika et les Rahaga pour passer à l'action. Les quatre Toa projetèrent leurs disques dans le nuage de poussière et de débris. Vu leur nombre réduit, leur seul espoir était de semer la confusion chez l'ennemi.

Au début, le Zivon ignora le combat qui se déroulait autour de lui. Après tout, il se fichait bien de voir les Visorak périr, car les mortes avaient aussi bon goût que les vivantes. Puis un disque de feu le frappa sur le côté, et le coup fut juste assez douloureux pour être agaçant. Alors qu'il n'était plus qu'à quelques centimètres de Whenua et de Bomonga, prêt à les dévorer, il se retourna pour chercher l'origine de l'attaque.

— Chanceux, dit le Rahaga.

— Tu ne connais pas cette équipe de Toa, répondit Whenua. Nous créons notre propre chance. À présent, libérons-nous de cette toile avant que le monstre se souvienne de notre existence.

Onewa, Nokama, Matau et Nuju étaient descendus des toits. Ils entendaient Sidorak hurler aux Visorak de se regrouper et d'avancer. Des barrières de glace, de pierre et de terre entravaient leur route et empêchaient de petits groupes de rejoindre la horde. C'est à ce moment-là que les Rahaga lancèrent des disques dans le noyau de Visorak, ajoutant encore plus de confusion au chaos existant. Tout en haut, Vakama projeta des disques de feu « affaiblis », conçus pour produire beaucoup de fumée et peu de flammes.

Krahka fut la première à remarquer le Zivon qui marchait droit vers le Toa Hordika du feu. La fumée et la poussière n'affectaient pas la vision du Zivon, car celui-ci était habitué à vivre dans l'obscurité. Krahka plongea vers le Tahtorak et planta ses serres dans sa chair, le poussant en direction de l'allié monstrueux des Visorak.

Le défi des Hordika

Vakama vit le danger trop tard. La pince du Zivon claqua juste devant lui, mais fut repoussée de côté par un coup de queue du Tahtorak. Vakama sauta du toit au moment où le Zivon chargeait, heurtant de plein fouet le tronc du Tahtorak et l'obligeant à reculer.

Nuju vit que Whenua essayait désespérément de se libérer de la toile des Visorak. Il lança un disque qui gela la toile. Une fois gelée solidement, il suffisait d'un haussement d'épaules pour la faire éclater en mille morceaux.

— Ce n'est pas le meilleur endroit où se trouver en ce moment, dit le Toa Hordika de la glace.

— Ce l'était encore moins il y a quelques minutes, répliqua Whenua. Que se passe-t-il?

Nuju gesticula en direction de la tour qui était maintenant bombardée par des disques d'air, de pierre et d'eau.

— Nous occupons les Visorak.

Bomonga vit quatre Boggarak débouler de la tour jusque sur une toile, loin en contrebas.

— Elles ne vont pas l'oublier.

— Parfait. Nous ne voulons pas qu'elles oublient. Laissons-les se souvenir... et avoir peur.

Sur le côté opposé de la tour, Onewa semblait avoir oublié la règle numéro un de cette opération. Les disques permettaient aux Toa de frapper tout en demeurant à bonne distance. Se rapprocher des Visorak leur donnait trop d'avantages. Dans le feu de l'action cependant, Onewa s'était aventuré trop près. À présent, il était acculé contre un mur, face à une demi-douzaine de Visorak qui s'avançaient vers lui.

— C'est ça, approchez, cria-t-il. N'importe quel Po-Matoran pourrait avoir votre peau! Tout ce qu'il lui faudrait, c'est un bâton assez gros!

Les Oohnorak lancèrent leurs disques. Onewa réussit à les éviter tous sauf un, qui percuta son bras droit et l'engourdit. Sentant les défenses de leur adversaire faiblir, les Visorak se rapprochèrent.

— D'accord, un bras, dit Onewa. Je peux vous vaincre avec un seul bras. Ne vous laissez pas berner par mon allure : vous ne combattez pas un minable Rahi en ce moment. Vous combattez un Toa!

Une Oohnorak bondit, atterrissant sur Onewa et l'envoyant au plancher. Ses mandibules saisirent le bras intact du Toa tandis que les autres Visorak s'approchaient.

Non loin de là, Matau repoussait l'ennemi avec un long bout de tuyau quand il vit Onewa disparaître derrière un amas d'araignées. Lancer un disque d'air risquait d'anéantir Onewa en même temps que ses attaquants. Matau esquiva le disque d'une araignée Roporak et se mit à courir. Juste au bon moment, il planta le bout du tuyau dans le sol et sauta par-dessus la horde. Quand il fut au plus haut de sa course, il lâcha tout et vint s'écraser les pieds les premiers au beau milieu des Oohnorak.

Avant que les Visorak reviennent à elles, Matau aida Onewa à se remettre debout.

— Merci, mon frère, dit le Toa Hordika de la pierre.

— Je ne pouvais pas te laisser mourir-périr, répliqua Matau. Qui pourrais-je embêter si tu n'étais plus là?

— Je suis certain que tu trouverais quelqu'un, dit Onewa. Qu'est-ce que tu dirais si on rendait un peu la monnaie de leur pièce à ces monstres?

Vakama avait atterri durement et gisait par terre, étourdi par le choc. Autour de lui, les Toa Hordika combattaient pour leur survie. Vakama savait qu'il devait se lever et les aider, mais quelque chose le retenait. Il avait affronté la mort et toutes sortes d'horreurs à maintes reprises depuis qu'il était devenu un Toa, mais jamais comme il le faisait aujourd'hui. Jusqu'à présent, il n'avait jamais eu à combattre tout en sachant qu'il n'était pas censé être un Toa... que cette destinée était celle de quelqu'un d'autre. Puisque ce n'était pas son destin, alors aussi bien mourir maintenant et que la mort efface pour de bon cette erreur monumentale.

Il leva les yeux. À travers son regard embrouillé, il vit que les troupes de Visorak commençaient à se regrouper. Dans peu de temps, toute la horde serait réunie. Il serait alors trop tard pour les Toa et les Rahaga. Ils seraient vaincus, les Matoran resteraient toujours endormis et personne ne survivrait pour raconter un jour que les Toa Metru avaient combattu ici.

Peut-être est-ce mieux ainsi, se dit-il.

Le Tahtorak alla s'écraser contre un bâtiment. Krahka évita de justesse le choc qui l'aurait jetée en bas de son perchoir. Les mandibules et les pinces du Zivon tailladaient la chair du Rahi, sans toutefois réussir à percer sa peau écailleuse. En poussant un grognement, le Tahtorak allongea ses pattes avant et attrapa le Zivon. Avant que celui-ci puisse réagir, il le souleva dans les airs et le jeta par terre avec violence, sur le dos.

Le Zivon était loin d'être à court de moyens. Des

jets de toile sortirent du bout de ses pattes et vinrent ligoter le Tahtorak. Profitant de cette distraction, le Zivon roula sur lui-même et, d'un bond, il fut debout, sifflant et crachant son venin.

Krahka se transforma en poisson-rasoir et coupa la toile en effectuant une descente en piqué. Juste avant de toucher le sol, elle changea à nouveau d'apparence, adoptant cette fois celle d'un insecte Nui-Rama. Elle vola droit vers les yeux du Zivon. Derrière elle, un Tahtorak très en colère se libérait des derniers lambeaux de toile.

Krahka réussit à distraire le Zivon en volant et en bourdonnant dans son champ de vision. Quand celui-ci vit arriver la queue du Tahtorak, il était déjà trop tard pour qu'il réagisse. Le coup du Tahtorak projeta en l'air l'immense créature qui fit un vol plané en plein sur la tour.

Du haut de la tour, Sidorak avait suivi le déroulement du combat. Il reconnaissait que les Toa Hordika avaient pris sa horde par surprise, mais ils n'avaient pas conservé leur avantage bien longtemps. Déjà, les Visorak se déplaçaient pour isoler les Toa et les Rahaga, et leur régler leur compte. À moins d'un imprévu, Sidorak pourrait célébrer une autre victoire en compagnie de Roodaka avant la fin de la journée.

Une ombre passa sur le soleil. Sidorak leva les yeux. Il se demanda d'abord depuis quand le Zivon avait la capacité de voler. Quand il comprit que la créature ne volait pas, il était déjà trop tard.

Nuju et Whenua s'étaient frayé un chemin tant bien que mal jusqu'au pied de la tour où se tenait Nokama. Elle ne semblait pas contente.

— C'est trop gros et trop bien construit, déclarat-elle. La moitié de la horde s'est repliée à l'intérieur. Je ne pense pas que nous réussirons à l'assiéger.

— Nous abordons peut-être le problème du mauvais côté, avança Whenua. Nous réfléchissons trop comme des Toa. Essayons de penser comme des Hordika.

Nokama frémit.

— Je préfère m'abstenir, si ça ne vous fait rien. J'ai déjà essayé une fois et ça m'a suffi.

Nuju sourit.

— Non, il a raison. Dis-moi, archiviste, qu'est-ce que les Rahi détestent le plus?

Whenua songea à ses années passées au travail, puis aux sensations expérimentées depuis qu'il était devenu un Toa Hordika. La réponse était simple.

Le défi des Hordika

— Le confinement. Toutes les bêtes sauvages détestent être enfermées.

— Exactement. Les Visorak essaient de nous empêcher d'entrer dans la tour. Et si on essayait de les empêcher d'en *sortir*?

Un fort impact secoua le bâtiment et empêcha Whenua de répondre. Les trois Toa levèrent aussitôt les yeux, juste à temps pour apercevoir la silhouette monstrueuse du Zivon qui tombait en chute libre, droit sur eux.

— Tes amis ont besoin de ton aide, dit Norik.

Vakama baissa les yeux vers le Rahaga.

— Ils se débrouillent mieux sans moi. Je suis certain que Matau ou Onewa pourrait te le confirmer.

— Tu es encore fâché de ce que tu as lu dans le journal de Lhikan? Vakama, est-ce si important de savoir pourquoi tu es devenu un Toa, à partir du moment où tu en es un? Tu as le pouvoir... et avec cela vient la responsabilité d'utiliser ce pouvoir.

Vakama ne répondit pas et s'élança vers Onewa et Matau. Norik aurait bien aimé considérer ce geste comme un succès, mais il sentait que quelque chose se passait au cœur du Toa Hordika du feu... quelque chose de sombre et de dangereux qui, tel un brasier, pourrait bien les consumer tous, en même temps que lui.

Le choc du Zivon s'écrasant sur le sol secoua le quartier de Le-Metru tout entier. Contre toute attente, la créature se releva, non sans avoir titubé un peu en faisant ses premiers pas. Krahka s'était transformée une fois de plus. Elle avait maintenant pris la forme d'un cousin du Nui-Rama ayant la capacité de projeter son aiguillon de loin. Elle bombardait le Zivon de son mieux, larguant ses aiguillons, pour les voir rebondir aussitôt sur sa carapace épaisse.

Le Tahtorak aussi vit l'ennemi se relever. Arrachant les piliers de soutien d'un toboggan, il les lança vers le Zivon. La créature les repoussa d'un coup de pince et les envoya au loin avant de passer à l'attaque.

La Kahgarak observa le Zivon charger. L'araignée géante avait été inconsciente pendant la majeure partie de la bataille et elle n'avait donc aucune idée de l'endroit d'où étaient sortis ce Rahi géant aux allures de lézard et cet insecte volant. Par contre, elle savait exactement où ils iraient.

Elle s'élança à la poursuite du Zivon, son disque déjà chargé d'énergie prêt à être lancé.

Le défi des Hordika

Sidorak grimpa au sommet de la tour. La toile la plus proche se trouvait bien loin en contrebas, et rien ne lui garantissait qu'il ne passerait pas tout simplement au travers et irait terminer sa course sur le sol, telle une vilaine tache. Il valait mieux redescendre et réexaminer la situation.

Un grondement lui parvint d'en bas. Quand il baissa le regard, il vit un mur de terre s'élever autour de la tour. Au même moment, des disques d'eau provoquèrent une pluie intense juste au-dessus de la structure. La corniche devint glissante. Sidorak fit un dernier effort pour redescendre sur le toit, mais il perdit pied. Dans sa chute, il se projeta le plus loin qu'il put du bâtiment, en visant ce qui semblait être une portion solide de la toile.

Le roi de la horde atterrit comme une pierre dans la toile, mais il se ressaisit rapidement. Il secoua la tête pour remettre ses idées en place et leva les yeux vers la tour. Elle était entourée de terre, et des disques de glace changeaient à présent la pluie en verglas. De la glace recouvrait la terre, rendant le mur qui courait sur toutes les faces de la tour aussi dur que la pierre. Chaque issue était bloquée et presque toute la horde était coincée à l'intérieur de la tour. Il savait qu'avec un peu de temps, elles arriveraient à sortir de là. Sidorak connaissait bien les Visorak, mais depuis le temps qu'il dirigeait ces créatures, il savait ce qui se passait lorsqu'elles restaient coincées toutes ensemble dans un espace limité. Avec un peu de chance, il lui resterait peut-être 50 ou 60 combattantes au lieu des centaines qui s'y trouvaient présentement.

Sidorak laissa échapper un juron dans un langage qui était déjà ancien lors de la création de Metru Nui. Il savait que cela n'était qu'un revers temporaire. Il reviendrait avec une autre horde et libérerait la tour en quelques jours. Mais à présent, les Toa Hordika savaient que la horde était vulnérable. Jamais plus ils ne regarderaient les Visorak avec la même peur dans leur cœur.

Dans ce cas, une solution s'impose, se dit-il. *Nous devons leur donner de nouvelles raisons d'avoir peur.*

Vakama réfléchissait aussi vite qu'il courait. Changer le sol en goudron sous les pattes des Visorak ne les empêcherait pas de projeter des disques ou de lancer des toiles. Des jets de feu pourraient les ralentir, mais pas les vaincre. Un mur de feu emprisonnerait aussi bien Matau et Onewa que les araignées.

Il était sur le point d'abandonner quand il remarqua

le mur en surplomb. La moitié supérieure du bâtiment situé derrière Onewa et Matau avait été endommagée par le tremblement de terre et elle pendait, à présent, au-dessus de l'endroit où les Oohnorak étaient rassemblées.

Pour la première fois depuis longtemps, Vakama sourit

Onewa et Matau avaient assisté à l'apparition du mur de terre et de glace autour de la tour. Cela avait été un spectacle saisissant… probablement le dernier pour eux. Les Oohnorak lançaient une offensive après l'autre, reculant à peine sous les disques de pierre et d'air. Épuisés, les Toa Hordika avaient tous l'impression qu'ils ne pourraient pas tenir bien longtemps encore.

La chef des Oohnorak sentit leur affaiblissement. Le combat tirait à sa fin. Elle fit un pas, un autre et encore un autre. Puis quelque chose l'atteignit au dos, quelque chose de liquide et de grésillant. La Visorak poussa un cri perçant et recula.

Une pluie de protodermis en fusion venait de commencer. Onewa et Matau étaient en état de choc quand ils virent les gouttelettes brûlantes s'abattre sur les Visorak. Voilà quelque chose qu'ils ne pouvaient pas combattre. Le liquide était si bouillant qu'une toile tissée à la hâte fondit tout simplement à son contact.

Matau désigna quelque chose en l'air. Des disques de feu frappaient le mur en saillie. Le surplomb était rougeoyant et fondait à toute vitesse. Matau vit tout à coup un disque dévier de sa trajectoire et venir heurter le bâtiment dans sa partie inférieure. Des flammes jaillirent sous l'impact, défonçant la structure déjà affaiblie du bâtiment.

— Pousse-toi de là! cria Matau en plongeant vers Onewa.

Les deux Toa Hordika réussirent à déguerpir juste avant que la partie supérieure de la structure s'effondre.

— Est-ce que ça va? demanda Vakama qui se tenait au-dessus d'eux.

— À part le fait qu'on a failli être écrasés-aplatis, ça va, répondit Matau. Ton dernier disque était un peu à côté de la cible.

— Beaucoup de choses le sont, dit Vakama.

Onewa se releva et aida Matau à en faire autant.

— Plus que tu ne penses, cracheur-de-feu. Plus que tu ne penses.

— Dites-moi la réponse! hurla le Tahtorak. Dites-la-moi tout de suite!

Pour toute réponse, le Zivon donna un grand coup de pince. Le Tahtorak ayant réussi à esquiver le coup, le Zivon chargea et agrippa son adversaire. Puis il lui enfonça son aiguillon dans la chair, une, deux, trois fois, toujours plus profondément. Le Tahtorak grogna de douleur.

Krahka piqua vers le sol, se transformant en Lohrak en plein vol. Elle enroula son corps semblable à celui d'un serpent autour de l'aiguillon du Zivon dans une tentative ultime pour l'arrêter. Soulagé des coups pendant un instant, le Tahtorak arracha un morceau d'un immeuble tout près et l'abattit sur la tête de son ennemi.

Le Zivon tituba et fit claquer sa queue violemment, dans un mouvement vers l'avant. Krahka lâcha prise malgré elle et fut emportée en direction du Tahtorak. Le Rahi la repoussa vivement de côté et elle alla s'écraser contre un mur. Une pluie de briques tomba sur elle.

Le Tahtorak atteignit le Zivon au moment où celui-ci bondissait. Ils entrèrent en collision, tombèrent tous deux à la renverse et s'engagèrent dans une lutte acharnée. Le Tahtorak était fort et lourd, mais le Zivon, avec ses pinces, ses mandibules et son aiguillon, avait plusieurs moyens de blesser son adversaire. Voyant une ouverture, le Zivon y planta son aiguillon, bien décidé à clore rapidement ce combat. Mais cette fois, le Tahtorak était prêt. Il attrapa la queue du Zivon d'une poigne de fer et, au prix d'un effort suprême de ses muscles puissants, il arracha l'aiguillon. Le Zivon poussa un hurlement de douleur et s'enfuit à toute vitesse.

Non loin de là, tapie sur un tas de débris, la Kahgarak en avait assez vu. Elle lança son disque dans les airs en direction du Tahtorak.

À l'instant où elle reprenait ses esprits, Krahka aperçut le disque d'énergie filer vers le Tahtorak. Elle comprit ce que cela voulait dire. Si le Tahtorak était vaincu, rien n'empêcherait le Zivon d'anéantir Metru Nui au grand complet. S'obligeant à se lever, elle réalisa qu'elle était trop faible pour voler. Elle se remémora les six Toa Metru, et son corps prit tour à tour l'aspect de chacun d'eux.

Elle n'avait pas le temps de se risquer à utiliser un jet de pouvoir élémentaire et, de toute façon, son esprit était trop ébranlé pour se concentrer sur une telle tâche. Elle se mit plutôt à courir, plus vite et plus fort qu'elle ne l'avait jamais fait auparavant. Elle savait qu'elle n'arriverait pas à temps. Au dernier moment, elle vira de bord et se jeta vers le Zivon.

Le disque frappa sa cible. Le champ d'obscurité

s'ouvrit pour engloutir le Tahtorak, entraînant le Rahi dans les ténèbres éternelles. Au même moment, Krahka heurta le Zivon de plein fouet, ce qui le propulsa vers le Tahtorak. Les trois combattants étant en contact les uns avec les autres, le gouffre obscur les avala tous. En l'espace d'un instant, ils avaient disparu.

Onewa n'en crut pas ses yeux. Avec un hurlement de rage, il lança un disque de pierre vers la Kahgarak. La grosse créature se retourna à temps pour le voir venir, mais trop tard pour l'arrêter. L'instant d'après, elle était enterrée sous une tonne de roc.

Le Toa Hordika resta immobile un long moment, regardant la poussière de pierre se dissiper. Pouks grimpa par-dessus les débris et vint le rejoindre.

— Ce n'est pas un bien beau monument pour elle, dit le Rahaga.

— C'est le mieux que je puisse faire, dit Onewa. Et plus que ce à quoi elle s'attendait, j'imagine. Je ne sais toujours pas si j'ai bien compris ce qui s'est passé.

— Vous, les six Toa, vous vous débattez avec votre côté Rahi, répondit Pouks. Peut-être était-elle une bête Rahi qui s'était découvert un petit côté Toa.

Le combat était terminé. Les Visorak encore libres s'étaient repliées à la frontière de Le-Metru en attendant les prochains ordres. Quelques jours plus tard, les Toa Hordika arpentèrent le champ de bataille et commencèrent à se préparer pour la suite des événements.

Onewa et Nuju avaient travaillé ensemble à démanteler le mur entourant la tour des Visorak. C'était un travail ardu, d'autant plus qu'ils devaient constamment ouvrir l'œil au cas où des araignées surgiraient de la tour. Quand les derniers morceaux de glace et de terre furent enlevés, ils ouvrirent la trappe menant à l'intérieur, sans savoir ce qui les attendait.

L'odeur nauséabonde qui s'échappa de l'endroit fut la première chose qui frappa les Toa Hordika. En temps normal, les Visorak ne sentaient pas particulièrement bon. Coincez-les quelques jours ensemble et cela devenait carrément insoutenable. Un bruit de pattes d'araignées précéda l'apparition d'une douzaine de

Boggarak mal en point. Aucune d'elles ne semblait vouloir engager le combat.

— Les arrêtons-nous? demanda Onewa.

— Mon instinct me dirait oui, répondit Nuju, mais je ne suis plus sûr de pouvoir lui faire confiance. Elles ne sont pas une menace. Nous ferions peut-être mieux de garder notre énergie pour les nouvelles hordes qui viendront nous affronter.

Les Toa Hordika passèrent la majeure partie du jour suivant à nettoyer la tour, chassant les Visorak qui avaient survécu et enterrant celles qui avaient péri. Quand cette sinistre tâche fut accomplie, ils contemplèrent la structure, hésitants.

— Alors? demanda Whenua. Nous la détruisons?

— Pour quoi faire? demanda Norik.

— Pour rien, répondit Vakama en lançant un regard dur au Rahaga. Simplement parce que ça fait du bien.

— C'est l'animal qui parle, marmonna Pouks. Allez-y, pensez comme des Rahi. Agissez comme des Rahi. Je pourrais vous raconter des histoires à propos des quelques Rahi qui ont réussi à échapper aux Visorak au fil des ans. Ce sont de très courtes histoires.

— Je pense que nous pouvons trouver un autre usage à cette tour, dit Iruini. À condition, bien sûr, que cette bande de Muaka sauvages qui se prennent pour des Toa aient la patience de mener à terme un projet aussi considérable.

— Parle, dit Nokama. Nous t'écoutons.

Onewa traîna d'autres débris vers la tour. C'était un travail éreintant, même pour un Toa doté d'une grande force. Tout en marchant, il se rappelait les paroles d'Iruini.

« Nous avons gagné cette bataille, avait dit le Rahaga. Nous pouvons gagner la prochaine ou nous pouvons la perdre. Vous pouvez assiéger le Colisée et libérer les Matoran… ou libérer seulement quelques-uns d'entre eux et être repoussés. Vous avez besoin d'un endroit sûr où vous retrancher. La tour peut être cet endroit. »

Onewa se souvint aussi de sa réponse.

« Tu es fou. J'en connais un brin au sujet de la pierre. Cette tour est solide, c'est vrai, mais la horde finira bien par enfoncer la trappe et ce sera fini. Même si on la barricade, on ne gagnera qu'un peu de temps.

— Pas si tu appliques mon idée de ce qu'est une barricade, avait dit le Rahaga en souriant. »

Onewa grimpa sur un tas de morceaux de pierre pour jeter un coup d'œil au résultat des travaux des Toa. Ils avaient construit une nouvelle entrée sur le devant de la tour. Suivant la proposition de Nokama, l'entrée avait l'allure d'un immense masque Kanohi, semblable aux entrées du Colisée. Ils avaient aussi installé une grille solide. Le Toa Hordika de la pierre s'arrêta pour inspecter la structure, secoua la tête et dit :

— Pas encore assez.

— Laisse ça et viens par ici, dit Iruini. Vous tous, approchez autour de moi.

Les six Toa Hordika obéirent. Norik circula parmi eux, faisant des gestes pour qu'ils tendent leurs outils et effleurent le revêtement de la nouvelle structure. L'espace d'un moment, leurs outils s'animèrent d'énergie, avant de s'éteindre de nouveau.

— Qu'est-ce que c'est? demanda Nuju.

Iruini s'éloigna, ramassa une pierre et la lança vers la grille. Juste avant qu'elle frappe les barreaux, des éclairs de feu et de glace jaillirent des murs de l'entrée et désintégrèrent la pierre.

— De la même manière que vos outils peuvent charger vos disques Rhotuka d'un puissant pouvoir élémentaire, dit Norik, vous pouvez charger d'énergie d'autres objets réels. Vous devrez les recharger plusieurs fois pour les maintenir actifs, mais tant qu'un objet contient une portion de votre pouvoir, il constitue une barrière formidable.

— Si on invitait quelques Visorak à souper? suggéra Matau. J'ai envie d'essayer ça.

— Tu vas découvrir bientôt, Toa, que les Visorak ont une vilaine habitude, dit Kualus. Elles n'attendent jamais qu'on les invite pour nous rendre visite.

Roodaka se tenait sur un pic rocheux surplombant la mer de protodermis. De cet endroit, sur la Grande barrière, elle pouvait voir toute la cité et contempler le spectacle des toiles des Visorak l'étranglant peu à peu. Elle venait souvent ici, loin des discours de Sidorak, quand elle avait besoin de calme pour élaborer ses plans.

Bien sûr, ce n'était pas pour cette seule raison qu'elle avait fait tout le voyage jusqu'ici sur le dos d'une guêpe Nui-Kopen transmuée. La véritable raison de sa présence ici était une dalle de protodermis marquée du sceau des Toa. Derrière ce sceau était emprisonné Makuta, le maître des ténèbres. Ses pouvoirs, ceux de Sidorak et même ceux de toutes les hordes réunies ne suffiraient pas à libérer son souverain.

Mais les Toa, eux, ont ce pouvoir, songea-t-elle. *Ce qu'ils font, ils peuvent le défaire, et ils devront le défaire, si je réussis à leur arracher leurs pouvoirs Toa.*

Sidorak n'avait rien compris. À ses yeux, Metru Nui n'était qu'un autre petit jeu de conquête. Il détestait les Toa Hordika parce qu'ils n'abdiquaient pas devant sa puissance. Leur résistance risquait d'encourager les Visorak à se rebeller. De plus, il savait qu'à l'heure actuelle, les Rahaga avaient déjà colporté leurs histoires insensées à propos de Keetongu, le Rahi qu'on disait doté du pouvoir de défaire tout ce que Sidorak avait construit. Si une telle créature existait, et si les Toa la trouvaient…

— Ridicule! lâcha-t-elle. Ce n'est qu'une vieille légende des Rahaga, qu'ils racontent depuis des lustres, les pauvres, pour essayer de garder espoir. Keetongu n'existe pas. Il n'a jamais existé. Et même s'il existait… je sais comment m'y prendre avec les Rahi.

Roodaka se retourna et scruta l'enveloppe de protodermis cristallin dans l'espoir d'apercevoir le visage de Makuta. Elle ne parvint qu'à voir un nuage sombre, mais cela lui suffit. Elle savait qu'il était là. Elle avait la certitude que l'esprit du maître était conscient de sa présence, même si son corps ne pouvait pas bouger.

— Bientôt, Makuta… murmura-t-elle. J'ai utilisé contre les Toa l'outil le plus dévastateur qui soit : la vérité. En ce moment, elle doit déjà ronger leur résolution. Ils vont se briser... leur esprit va s'effriter... et dans leurs derniers moments, ils comprendront que leur retour à Metru Nui n'aura servi qu'à une chose : libérer leur plus grand ennemi.

Makuta ne répondit pas, mais autour de Roodaka, les ténèbres s'assombrirent, comme si son maître lui signifiait son approbation.

Les Toa Hordika et les Rahaga étaient assis dans une clairière près de leur toute nouvelle « Tour des Toa ». Vakama avait utilisé son disque Rhotuka pour faire un feu. Les Toa Hordika n'avaient pas vraiment besoin de chaleur et, à vrai dire, leur côté Rahi était plutôt rebuté par le feu, mais les Rahaga, eux, n'étaient pas aussi bien immunisés contre les éléments. Malgré leur victoire, ils n'avaient pas le cœur à la fête et l'ambiance était plutôt morose autour du feu.

— Nous nous en sommes bien tirés, dit Nokama, étant donné les circonstances.

— Quelles circonstances? demanda Matau.

Vakama jeta un coup d'œil à la Toa Hordika de l'eau. Avant même de lui demander, il devina quelle serait sa réponse.

— Toi aussi, tu connais la vérité?

— Oui, répondit-elle. Nous n'étions pas destinés à devenir des Toa Metru. Ce destin concernait d'autres que nous. Mais j'imagine qu'à présent, c'est le nôtre, pour le meilleur et pour le pire.

— Lhikan savait, dit Vakama en fronçant les sourcils, mais il n'a pas écouté son instinct. Quelque chose l'a incité à nous choisir. Qu'est-ce que c'était?

Onewa se leva.

— Je pense que je connais la réponse… mais je ne crois pas que vous allez l'apprécier.

Comme aucun des Toa ne parlait, il poursuivit :

— Retournons en arrière. Toa Lhikan se doutait que quelque chose n'allait pas dans la cité. Makuta, sous la forme de Turaga Dume, envoya les Chasseurs de l'ombre pour l'arrêter. Seulement, le faux Dume n'était pas certain d'y arriver avant que Lhikan ne crée d'autres Toa. Alors, Makuta scruta les étoiles à la recherche d'un signe. Il découvrit que les Matoran qui avaient trouvé les Grands disques étaient destinés à devenir des Toa. Ils étaient loin d'être des candidats idéaux, mais avec Lhikan pour les diriger, ils auraient pu former une équipe efficace. J'imagine que Makuta n'a jamais compris que Lhikan devrait sacrifier tout son pouvoir Toa pour créer une nouvelle équipe.

Matau aurait aimé trouver le moyen d'étouffer la

voix d'Onewa. Il ne devinait que trop la suite du récit.

— Makuta insuffla alors à Lhikan l'idée de choisir d'autres Matoran, reprit Onewa. Et sans en être conscient, Lhikan en est venu à choisir six fortes têtes qui ne s'accorderaient jamais, qui ne se soumettraient pas à l'autorité d'un chef et qui seraient incapables de travailler en équipe. En d'autres mots, il nous a choisis.

— C'est impossible, murmura Nuju.

— J'ai découvert le repaire de Makuta à Po-Metru, dit Onewa. J'ai lu l'histoire telle qu'il l'a écrite lui-même. Nous sommes des Toa Metru, mes frères, ma sœur... parce que Makuta en avait décidé ainsi.

— Nés des ténèbres pour défendre la lumière, dit Vakama à voix basse. Comprenez-vous à présent pourquoi la bête en nous est aussi puissante?

— Alors, que faisons-nous maintenant? demanda Whenua. Maintenant que nous connaissons nos origines?

Nokama regarda chacun des Toa Hordika à tour de rôle.

— Nous nous soucions de l'avenir... pas du passé. Makuta voulait semer la zizanie entre nous, il voulait que nous nous déchirions pour parvenir à ses fins, mais il a échoué. Nous l'avons arrêté. Et nous allons continuer de l'arrêter, lui et ses semblables. Voilà ce que nous sommes… voilà ce que nous faisons.

Les autres Toa signifièrent leur approbation d'un mouvement de la tête. Dans leur cœur, toutefois, un doute se mit à grandir, et l'aube leur sembla tout à coup très, très lointaine.

ÉPILOGUE

Un long silence s'installa après que Vakama eut fini de parler. Il fut brisé d'une manière tout à fait inattendue quand Tahu éclata d'un grand rire.

— Quelle… Quelle bonne blague, Turaga! dit-il. Des Toa qui doivent leurs pouvoirs à Makuta… une histoire merveilleuse, certes, mais qui ne peut pas être prise au sérieux.

Vakama leva les yeux vers le Toa Nuva du feu. À cet instant précis, Hahli aurait juré voir briller dans ses yeux la rage du Toa Hordika.

— Ce n'est pas une plaisanterie, Tahu. C'est tout à fait sérieux. Même toi, qui as affronté les Bohrok et les Rahkshi, tu ne peux pas savoir ce que c'est que d'avoir ton propre esprit tourné contre toi.

Le Turaga baissa les yeux. Sa voix s'adoucit.

— Moi, je sais. Par Mata Nui, oui, je le sais.

— Alors tout ça, tout ce qu'Onewa et vous avez

appris : c'était la vérité? demanda Takanuva.

— C'était... une vérité, répondit Vakama. Mais il y avait pire encore... bien pire... à venir.

— Quelles qu'aient été vos origines, Turaga, vous avez porté la cape des Toa avec honneur, déclara Kopaka. L'unité, le devoir et la destinée – les trois valeurs des Matoran – vous ont guidés dans tout ce que vous avez fait. Malgré vos différences, vous êtes restés debout et vous avez affronté chaque danger tous ensemble, comme le font les membres d'une vraie équipe.

Ce fut au tour de Vakama de s'esclaffer. Son rire, long et froid, hanterait les Toa Nuva jusque dans leurs rêves.

— Il y a autre chose, dit le Turaga. Bien d'autres choses à vrai dire, mais tout cela devra attendre jusqu'à une autre nuit. Les étoiles brillent avec trop d'éclat ce soir, et le feu produit trop de chaleur. Cette histoire doit être racontée par une nuit aussi sombre que le cœur de Makuta, alors que le froid vous serre les os comme le feraient les pinces du Zivon. Nous attendrons qu'une telle nuit se présente... et nous poursuivrons notre récit.

Les Toa Nuva le regardèrent s'éloigner, ses dernières paroles raisonnant encore dans leur esprit.

BIONICLE®

Nous poursuivrons notre récit…

Chacun s'interrogea en silence. S'agissait-il d'une promesse… ou d'une menace?